INÉDITOS

Vol. 2 - Crítica

| Índice |

| Apresentação |

Neste segundo volume de *Inéditos*, dedicado à *Crítica*, estão reunidos anotações, artigos e prefácios que não foram incluídos nos *Ensaios críticos*, nem em qualquer outro livro de Barthes. A leitura desses textos esparsos será mais proveitosa se nos lembrarmos de que eles constituem a fímbria de sua obra, pequenos textos concomitantes com a publicação de suas obras maiores. Nos assuntos aí tratados vemos ora a preparação, ora o complemento de reflexões mais vastas.

O volume se abre com notas redigidas por Barthes em sua juventude, publicadas no jornal do sanatório em que se achava internado para tratamento de tuberculose. O primeiro, sobre André Gide e seu *Diário*, ganha uma importância retrospectiva quando verificamos que Gide foi para Barthes, desde cedo, um modelo de escritor, modelo ao qual ele voltará em vários momentos de sua obra futura. Tanto Gide como o gênero "diário" serão assuntos estudados em seus últimos cursos, quatro décadas mais tarde (Gide em *Como viver junto*, o "diário" em *A preparação do romance I e II*).

Os artigos sobre Jean Cayrol e Albert Camus preparam o crítico para as reflexões sobre a literatura "objetiva", que ele desenvolverá em seu primeiro livro, *O grau zero da escrita* (1953). O "*nouveau roman*", representado aqui por um texto sobre Robbe-Grillet, mereceu sua atenção durante toda a década de 50. Já no fim da época do "*nouveau roman*", em 1961, quando Robbe-Grillet troca o romance pelo cinema, Barthes observa que a obra cinematográfica do escritor se anuncia como menos inovadora do que sua obra romanesca. Os filmes posteriores de Robbe-Grillet mostraram que essa previsão era correta.

Depois de publicado seu primeiro livro, Barthes escreveu vários artigos para boletins de "clubes do livro", acerca de autores consagrados da tradição francesa: Zola, Maupassant, Hugo, Stendhal. Lendo esses textos, podemos ver que, embora dirigindo-se aí a um público não especializado, e escrevendo num estilo muito claro, Barthes emite sempre opiniões originais e chama a atenção do leitor para aspectos novos das obras antigas.

Na década de 60, já reconhecido por seu livro sobre *Michelet* e pelas crônicas mordazes reunidas em *Mitologias*, Barthes torna-se ainda mais conhecido devido à polêmica da "nova crítica", provocada por seu livro *Sobre Racine*, condenado por um representante da "velha crítica" da Sorbonne, Raymond Picard. As reflexões sobre a crítica literária ocupam então grande parte de sua obra (*Crítica e verdade*, 1966), e levam-no a opinar sobre livros de outros críticos. Veja-se "As duas sociologias do romance", neste volume.

Os dois prefácios redigidos para a *Encyclopédie Bordas*, em 1970 e em 1976, assim como aquele destinado ao volume *Littérature occidentale*, de 1976, trazem a marca do crítico-escritor maduro, que fala com segurança e contida emoção daquela que foi a paixão maior de sua vida: a literatura. Eximindo-se de dar uma definição da literatura, impossível fora de uma história através da qual ela se transforma, e considerando que, por essa mesma razão, nunca poderá haver uma "ciência" literária, Barthes deixa nesses prefácios algumas formulações luminosas, como esta: "Se a literatura resiste ao saber – quer porque ela o excede, quer porque ela o decepciona –, é sem dúvida por uma razão lógica muito simples: a literatura é ela mesma um saber". O desenvolvimento definitivo desse tema aparecerá em 1977, em sua aula inaugural no Collège de France, centrada no elogio da literatura.

Dois artigos acerca de Proust evidenciam a presença constante, em sua vida, do escritor de *Em busca do tempo perdido*, ao qual ele dedicará boa parte de seu último curso, *A preparação do romance*. Proust foi, para Barthes, o homem que escreveu o último grande romance ocidental e o escritor que ele desejaria ter sido. Ao ser atropelado, em fevereiro de 1980, no acidente que ocasionou sua morte, Barthes estava se dirigindo ao Collège de France, para preparar uma sessão em que projetaria fotografias de pessoas que inspiraram as personagens proustianas.

O último texto desta coletânea, "Masculino, feminino, neutro", datado de 1967, é o primeiro esboço da notável análise que ele publicará, em 1976, da novela *Sarrasine* de Balzac (no livro *S/Z*). Esse texto preparatório será de grande utilidade para os leitores que desejarem empreender a leitura de *S/Z*, ou para aqueles que tenham encontrado alguma dificuldade em acompanhar os intrincados meandros desse livro, o qual propõe um tipo de análise absolutamente novo, já "pós-estruturalista".

Assim, se estes textos críticos inéditos não representam todos o melhor da produção de Barthes, que se encontra em seus livros, têm entretanto o interesse de iluminar de viés os grandes temas que o ocuparam. Ler Barthes, mesmo em seus textos "menores", é sempre uma festa para a inteligência.

LEYLA PERRONE-MOISÉS

NOTAS SOBRE ANDRÉ GIDE E SEU *DIÁRIO*

Contido pelo temor de encerrar Gide num sistema que, eu sabia, nunca poderia me satisfazer, procurava em vão um vínculo para interligar estas notas. Depois de refletir, concluo ser melhor apresentá-las como estão, e não procurar disfarçar sua descontinuidade. A incoerência parece-me preferível à ordem deformadora.

O *Diário*

Duvido que o *Diário* desperte grande interesse se a leitura da obra não tiver previamente despertado curiosidade sobre o homem.

* * *

No *Diário* de Gide, o leitor encontrará sua ética – a gênese e a vida de seus livros –, suas leituras – fundamentos de uma crítica de sua obra –, silêncios – traços extraordinários de inteligência ou bondade –, pequenas confissões que fazem dele o homem por excelência, como foi Montaigne.

* * *

Muitas frases do *Diário* provavelmente irritarão aqueles que tenham algum ressentimento (secreto ou não) contra Gide. Essas mesmas frases seduzirão aqueles que tenham alguma razão (secreta ou não) para se acreditarem semelhantes a Gide. É o que ocorre com toda personalidade que se *compromete.*

* * *

As pessoas de formação protestante deleitam-se com o *Diário* e com a autobiografia; além de terem obsessão pela natureza moral do homem e de a tomarem como desculpa para chamarem a atenção sobre si, tais pessoas vêem na confissão pública uma espécie de equivalente da confissão sacramental. Fazem isso também pela necessidade de amesquinhar, com liberalidade, um orgulho que identificaram como pecado capital; por fim, porque acreditam sempre ser possível corrigir-se. Rousseau, Amiel, Gide deram-nos três grandes obras confessionais; a maioria dos romances ingleses são autobiografias (lembremos o movimento oxfordiano e seu sistema de confissões públicas). No entanto, o *Diário* de Gide contém um matiz próprio; é escrito mais freqüentemente como diálogo do que como monólogo. É menos uma confissão que o relato de uma alma que se busca, se responde, conversa consigo (ao modo dos *Solilóquios*[1] de Agostinho). Eu diria até que no *Diário* de Gide há um elemento místico.

* * *

O *Diário* não é de modo algum uma obra explicativa, exterior, por assim dizer; não é crônica (ainda que em sua trama a atualidade muitas vezes transpareça). Não é Jules Renard nem Saint-Simon, e quem procurar nela juízos importantes sobre a obra deste ou daquele contemporâneo (Valéry ou Claudel, de que Gide fala com freqüência) provavelmente ficará frustrado. É uma obra *egoísta*, mesmo quando – e, sobretudo, exatamente quando – fala dos outros. Embora a marca de Gide seja sempre a grande acuidade, o seu grande valor está na força de reflexão, de retorno para o próprio Gide.

* * *

"O que deve figurar aqui é precisamente o miudíssimo, por ter sido retido pelo crivo de alguma obra. Devo escrever, e sem rebuscamento algum, detalhes"

1. Trad. bras. *Solilóquios e a vida feliz*, São Paulo, Paulus, 1998. (N. da T.)

(*Journal*, p. 933, ano 1929). Portanto, não se deve crer que o *Diário* se opõe à obra e que não é, ele também, uma obra de arte. Há frases que estão a meio-caminho entre a confissão e a criação; só falta inseri-las num romance, e já serão menos sinceras (ou melhor: sua sinceridade conta menos que uma outra coisa, que é o prazer de as ler). Eu até diria o seguinte: não é o *Diário de Édouard* que se parece com o *Diário* de Gide; ao contrário, muitas enunciações do *Diário* de Gide já têm a autonomia do *Diário de Édouard*. Já não são totalmente Gide; começam a estar fora dele, rumo a alguma obra incerta onde desejam tomar lugar, que elas estão chamando.

* * *

Nietzsche escreveu: "Apesar de não ser de modo algum superficial, um grande francês não deixa de ter sua superfície, um invólucro natural que envolve seu fundo e sua profundidade..." (*Aurora*[2] *192*).

A obra de Gide constitui sua profundidade; admitamos que seu *Diário* é sua superfície; ele se desenha e justapõe seus extremos; leituras, reflexões, narrativas mostram quão distantes são esses extremos, quão vasta é a superfície de Gide.

2. Trad. bras., São Paulo, Companhia das Letras, 2004.

Das Schaudern

Goethe citado por Gide (p. 207): "O tremor (das Schaudern) é o melhor do homem."

O "das Schaudern" de Goethe assemelha-se bastante ao "homem maravilhosamente ondulante" de Montaigne. Não sei se alguém deu a devida importância ao lado goethiano de Gide. Assim como às suas afinidades com Montaigne (as predileções de Gide não indicam influência, porém identidade); não é por acaso que Gide escreve uma obra crítica. Seu prefácio a "trechos escolhidos" de Montaigne e a própria escolha dos textos nos dão informações tanto sobre Gide quanto sobre Montaigne.

* * *

Os diálogos – Nada mais próprio à literatura francesa, nada mais precioso que esses duetos mantidos, de um século a outro, entre escritores de mesma classe: Pascal e Montaigne, Rousseau e Molière, Hugo e Voltaire, Valéry e Descartes, Montaigne e Gide. Nada prova mais a perenidade dessa literatura, e também, justamente, seu tremor, sua ondulação, aquilo que a faz escapar à esclerose dos sistemas, que faz seu passado mais remoto renovar-se em contato com uma inteligência presente. Se os grandes clássicos são eternos, é porque estão sempre se modificando. O rio é mais durável que o mármore.

* * *

Gide dá vontade de ler os clássicos. Toda vez que os cita, eles têm uma beleza espantosa, estão vivíssimos, bem perto, moderníssimos. Bossuet, Fénelon, Montesquieu nunca são tão belos como quando citados por Gide. Parece até crime conhecê-los tão mal.

* * *

Um crítico de Gide não deveria pretender fazer um retrato bom ou ruim dele, como costumam os biógrafos; seu papel deveria ser convidar a não julgá-lo mal por ignorância ou, pior, por preterição, voluntária ou não, de algumas obras ou palavras suas. Em relação a Gide cabe ser "infinitamente respeitoso para com sua personalidade", assim como ele o foi para com a personalidade dos outros. O *Diário*, justamente, muitas vezes é escrito para retificar a idéia que se possa ter feito de Gide, por citações, relatos, palavras inexatas. É um perpétuo acerto de si mesmo; como um escrupuloso operador de câmara, ele está sempre acomodando a imagem à visão preguiçosa ou malevolente do público. "Eles querem fazer de mim um ser tremendamente preocupado. Minha única preocupação é ver meu pensamento ser mal interpretado" (*Journal*, p. 864, ano 1927).

* * *

Gostaria que aqueles que criticam Gide por suas contradições (sua recusa a escolher como todos) se lembrassem desta página de Hegel: "Para o senso comum, a oposição entre verdadeiro e falso é algo fixo; ele espera que se aprove ou que se rejeite em bloco um sistema existente. Não concebe a diferença entre os sistemas filosóficos como o desenvolvimento progressivo da verdade; para ele, diversidade quer dizer unicamente contradição [...] O espírito que apreende a contradição não sabe libertá-la e conservá-la em sua unilateralidade, e reconhecer, na forma daquilo que parece entrechocar-se e contradizer-se, momentos mutuamente necessários."

* * *

Gide é, portanto, um ser simultâneo. É quase como se, no começo, tivesse sido dado completo pela Natureza. Depois, foi com calma expondo sucessivamente os diferentes aspectos de si mesmo, mas é sempre bom lembrar que esses aspectos na realidade são contemporâneos uns dos outros, como, aliás, suas obras: "Custa-lhes admitir que esses diferentes livros coabitaram e coabitam ainda em meu espírito. Eles só se sucedem no papel e devido à grande impossibilidade de se deixarem escrever conjuntamente. Seja qual for o livro que escrevo, nunca a ele me dou por inteiro, e o tema que me reclama com mais insistência logo depois desenvolve-se, entretanto, na outra extremidade de mim mesmo" (*Journal*, p. 275, ano 1909). Donde: fidelidade e contradições.

Fidelidade – Gide está todo em André Walter, e André Walter ainda está no *Diário* de 1939. Segue-se que Gide não tem idade. É sempre jovem, é sempre maduro, é sempre sábio, é sempre fervoroso. Só a última parte de sua vida, por causa da velhice, adquiriu uma cor mais grave, mais grega, ao modo dos Trágicos. Mas certas tendências suas – ou certos aspectos seus – ele conseguiu encarnar tão bem em jovens quanto em velhos (as personagens de Gide nunca são objetivas, sem serem puramente ele mesmo), em La Pérouse como em Lafcadio. Gide é um coração, uma alma fiel. É interessante como sua vasta leitura pouco lhe modificou a fisionomia. Suas descobertas nunca foram renegações. Quando leu Nietzsche, Dostoievski, Whitman, Blake ou Browning (exceto Goethe, cuja influência ele confessa), foram reconhecimentos de si mesmo, portanto razões para continuar-se. A situação de Gide, no cruzamento de correntes contraditórias, não é nada fácil. Sua perseverança é, pois, admirável; é mesmo sua razão de ser, o que o faz grande. Quantos teriam acabado numa conversão? Aquela fidelidade à verdade de sua vida é heróica: "Quão mais fácil é trabalhar segundo uma estética e uma moral já dadas! Os escritores que se submetem a uma religião reconhecida avançam *com certezas*. Eu preciso inventar tudo. Às vezes, é um imenso tateio em direção a uma luz quase imperceptível. E às vezes me pergunto: para quê?" (*Journal*, p. 1000, ano 1930).

Contradições – Em que sentido, então, pôde mover-se essa natureza fiel, cujas obras, porém, deixam uma impressão de cambiância e mobilidade – a tal ponto que houve quem o acusasse de esquivar-se por inconstância? Aqui é preciso dissipar o preconceito da rigidez: certos espíritos chegam a parecer constantes à força de serem sempre inteiriços; escamoteiam suas guinadas (por mais conseqüentes que sejam), e de sua nova opinião só apresentam a face endurecida, que eles solidificam com alta dose de violência. A atitude de Gide diante destes é mais humilde e comedida. Com uma consciência que a moral comum tem o estranho hábito de chamar doentia, ele se explica, se entrega, se retrata delicadamente ou então se afirma com coragem, mas não engana o leitor sobre nenhuma de suas mudanças; Gide põe tudo no movimento de seu pensamento, e não em sua brutal profissão. Vejo várias razões para essa atitude: 1º as flexões de uma alma são a marca de sua autenticidade (todo o esforço de Gide é para tornar-se e tornar outrem "autêntico"); 2º o prazer estético que ele tem em fazer reverberar lentamente as ínfimas mudanças de sua natureza (sendo o movimento, para Gide, o melhor do homem); assim como um mágico que se entrega à mais bela de suas operações; 3º a profusão de seus escrúpulos na busca da verdade, procurada através das nuances mais sutis (a verdade nunca é brutal); 4º por fim, a importância moral dada aos estados de conflito, talvez porque eles são garantia de humildade.

* * *

No Japão, onde o conflito entre catolicismo e protestantismo, helenismo e cristianismo não faz muito sentido, Gide é bem lido. Do que gostam nele? Da imagem de uma consciência que procura honestamente a verdade.

* * *

O único ponto em que se pode falar de evolução de Gide é o seguinte: em certo momento, a questão social ganhou para ele mais importância que a questão moral. Em 1901, ele escrevia: "Questão social? Sem dúvida. Mas a questão moral é antecedente. O homem é mais interessante que os homens; foi ele, não eles, que Deus fez à sua imagem. Cada um é mais precioso que todos" (*Journal*, p. 93). Depois, em 1934, quando os tumultos do mundo o afastam da obra d'arte: ... "Quase nada mais há em mim que não se compadeça. Para onde quer que eu volte o olhar, só aflição vejo em torno de mim. Quem permanece contemplativo, hoje, dá mostras de uma filosofia desumana ou de cegueira monstruosa" (*Journal*, p. 1211).

Mas haverá aí verdadeira evolução? No máximo, uma recrudescência do fermento evangélico, ao qual ele se entrega mais livremente, por já não ter os empecilhos da juventude; e também o peso da atualidade, de que ele sempre se ressentiu humanamente.

* * *

Alguns escolhem um caminho e nele ficam; outros mudam, a cada vez com a mesma convicção. Gide, porém, manteve-se numa encruzilhada, constantemente, fielmente, na encruzilhada mais importante, mais palmilhada, mais cruzada que existe, por onde passam as duas maiores estradas do Ocidente, a grega e a cristã; preferiu essa situação *total*, onde podia receber as duas luzes e os dois bafejos. Nessa situação heróica, protegido por nada, mas também circunscrito por nada, prestou-se a todos os ataques, ofereceu-se a todos os amores. Para ser duradouro numa situação tão perigosa, esse homem precisou de certa dureza, da qual são feitas as obras-primas.

* * *

Muitos não sabem o que devem censurar mais em Gide, seu paganismo ou seu protestantismo. São como o asno de Buridan, entre a água e o cardo; ora, é graças à sua indecisão que o cardo continua crescendo, e a água, correndo.

* * *

O cristianismo de Gide está por demais ligado a seu destino pessoal (digamos, para sermos mais claros: conjugal), para podermos falar do assunto sem dizer grandes besteiras (ver *Journal*, pp. 747 e 753).

* * *

De qualquer modo não se pode esconder o seguinte: "Quem quiser salvar sua vida a perderá." Essas palavras de Cristo estão no fundo de toda obra de Gide. Sua obra pode ser considerada como certa mitologia do orgulho. O orgulho é, para ele, o fato moral capital. Todo crítico deveria insistir nisso, mostrar, a respeito, o lugar do *Dostoievski*, que se une, estreitamente, com *Numquid et tu?* e com o díptico *L'Immoraliste* e *Porte étroite*. É inútil pretender conhecer Gide, nem que seja um pouco, se não se concebe claramente a importância dessas palavras evangélicas.

* * *

Nos últimos cem anos, há três homens que sentiram, pela pessoa de Cristo, uma atração muito forte, íntima e – poderia dizer? – fraterna, com o que entendo fora do conhecimento dogmático ou místico: Nietzsche (como irmão inimigo), Gide e, na Rússia, o escritor Rozanov.

* * *

"Em face desse asiatismo – escreve Gide (trata-se de Renan, Barrès, Loti, Lemaitre) – como me sinto dórico!" (*Journal*, p. 1134, ano 1932). O helenismo de Gide ganha plenitude na velhice. Do tempo de *Les Nourritures terrestres*[3], ele guardava algo de helenístico: Pierre Louys não estava longe. Mas agora ele se tornou grego de verdade, ou seja, trágico. Nos últimos anos do *Diário*, há páginas admiráveis, às quais sabedoria e sofrimento conferem um som extraordinário de pureza e proximidade. Ora, o difícil – e conseguido pelos gregos do século V – é ser sábio sem ser forçosamente racional, ou seja, ser feliz sem renunciar forçosamente ao sofrimento. Na última sabedoria de Gide, nenhuma segurança, sempre aquele tremor (*das Schaudern*); é uma sabedoria que não nega, que não abafa o sofrimento; não congela os demônios, e, com pálpebras que a idade torna pesadas, não olha para Deus com uma serenidade insultante. Nas últimas páginas do *Diário* ele me parece estar vendo Édipo, mas Édipo em Colona, e não mais Édipo rei.

A obra de arte

É do ponto de vista da arte que cumpre julgar o que escrevo, ponto de vista em que nunca, ou quase nunca, se põe o crítico... É, aliás, o único ponto de vista que não exclui nenhum outro. (Journal, pp. 6-58, ano 1918)

"De início, considerava-me um simples artista, e quase não me preocupava com nada, à maneira de Flau-

3. Trad. bras. *Os frutos da terra*, Rio de Janeiro, Nova Fronteira, 1982.

bert, a não ser com a boa qualidade de meu trabalho. Sua significação profunda, para ser exato, escapava-me" (*Journal*, p. 1027, ano 1931). Dessa significação profunda de sua obra, Gide só tomou consciência diante das reações alheias; e sistematizou-a em suas obras críticas. Livros como *Nourritures* não seriam tão belos e duradouros se ele os tivesse carregado conscientemente de uma intenção qualquer, antecedente à obra, para a qual a obra não passasse de moldura cômoda. São livros propriamente poéticos, em que o autor, como o *vates* latino, não passa de intérprete; sua mensagem o supera, e de início ele talvez não a compreenda bem; vem mais forte que ele, de quem o habita, de um deus. Uma vez criada, sua obra quase o surpreende; ela já não é ele, a tal ponto que ele não possa enamorar-se dela, como Pigmalião, da estátua.

* * *

O pretexto legítimo – Não devemos nos enganar sobre os trabalhos críticos de Gide; é neles que ele encerra o mais profundo de si mesmo. São seus livros sistemáticos – admitindo-se que Gide tenha um sistema; quanto aos outros, são demasiado obras de arte, são demasiado gratuitos. É só em segunda mão, iluminados por essas obras críticas, mas por assim dizer à revelia, que *Les Nourritures terrestres* ou *Oedipe* podem assumir o aspecto de Evangelhos, e sua mensagem, de ética nova. A obra de Gide é uma rede de que não se pode soltar nenhuma malha. Acho totalmente inútil dividi-la em faixas cronológicas ou metódicas. Ela quase precisaria ser lida, como certas Bíblias, com um quadro sinóptico de referências, ou ainda como aquelas páginas da *Enciclopédia*, cujas notas à margem conferiam valor explosivo ao texto. Gide é, freqüentemente, seu próprio escoliasta. Isso era necessário para conservar a gratuidade, a liberdade da obra de arte. A obra de arte de Gide é voluntariamente fugaz; ela escapa – graças a Deus – a todo e qualquer domínio de partidos ou dogmas, ainda que revolucionários. Não fosse isso, ela não seria obra de arte. Mas inferir daí que o pensamento de Gide é fugaz é erro. Gide deixa-se perfeitamente tomar e definir, em suas obras críticas, em seu *Diário*. Quando conhecemos esse Gide, de sua obra poética depreendem-se ressonâncias novas, uma visão corajosamente sistemática do homem.

* * *

"Quis indicar nessa *Tentative amoureuse* a influência do livro sobre quem o escreve, até mesmo durante o ato de escrever. Pois, saindo de nós, transforma-nos, modifica a marcha de nossa vida... Há uma retroação de nossos atos sobre nós" (*Journal*, p. 40, ano 1893). Gosto a aproximar essas palavras destas de Michelet:

"A História, no progresso do tempo, mais faz o historiador do que o historiador a faz. Meu livro criou-me. Fui eu a sua obra" (Prefácio de 1869). Se admitirmos que a obra é uma expressão do querer de Gide (vida de Lafcadio, de Michel, de Édouard), o *Diário* é realmente o inverso da obra, seu complemento oposto. A obra: Gide tal como deveria (gostaria de) ser. O *Diário*: Gide tal como ele é, ou, mais exatamente, tal como o fizeram Édouard, Michel e Lafcadio (muitas citações belíssimas no *Diário* a respeito, pp. 29, 730, 781).

* * *

Foi por ter sentido, em certo momento, o desejo de ser alguém a quem deu o nome de Ménalque, Lafcadio, Michel ou Édouard, que Gide escreveu *Les Nourritures terrestres, Les Caves du Vatican, L'Immoraliste* e *Les Faux-Monnayeurs*[4]. "O desejo de pintar personagens encontradas por aí parece-me bem freqüente. Mas a criação de novas personagens só se torna necessidade natural nos que, atormentados por imperiosa complexidade, não a esgotam com seu próprio gesto" (*Journal*, p. 781, ano 1924).

* * *

Narrativas e Romances – A estética de Gide compreende duas correntes: uma que esgota a importância

4. *Les Caves du Vatican,* conhecido no Brasil como *Os subterrâneos do Vaticano; L'Immoraliste,* como *O imoralista; Les Faux-Monnayeurs,* como *Os moedeiros falsos.* (N. da T.)

que ele atribui à natureza moral do homem; a outra, que esgota o prazer físico que ele sente ao imaginar-se na pele de outros, não na sua.

Narrativas (André Walter, Symphonie pastorale, L'Immoraliste, Porte étroite) – Transformação em ficção – quase – de um caso, um tema, um sofrimento. Não fosse a arte extrema, seria quase apólogo, mas um apólogo que não se vincularia a teoria alguma. Em suma, todas essas narrativas são quase mitos. Há uma mitologia gidiana (mitologia prometéica, não olímpica), em que cada personagem não teme reproduzir um pouco a outra, e que, como toda mitologia, tende à alegoria, ao símbolo ou pelo menos pode ser interpretada como tal. Cada herói envolve o leitor, convoca o exemplo ou a iconoclastia. A mitologia, tal como essas narrativas de Gide, não prova nada: é uma obra de arte na qual circula muita fé; é uma bela ficção na qual se aceita acreditar porque ela explica a vida e, ao mesmo tempo, é um pouco mais forte, um pouco maior que ela (dá a imagem de um ideal; toda mitologia é um sonho). E essas narrativas de Gide, como todo mito, são uma equivalência entre uma realidade abstrata e uma ficção concreta. Todos esses livros são livros cristãos.

Romances (*Les Caves du Vatican, Les Faux-Monnayeurs*) – O peculiar desses romances é sua completa gratuidade; são jogos. (O jogo, em relação ao dever, é o que se faz "a troco de nada".) Não provam nada e só são psicológicos por apresentarem um imbróglio e uma incoerência bem peculiares à vida. Nasceram do prazer superior de imaginar histórias nas quais o imaginador se introduz, sob os aspectos mais numerosos e picantes possíveis (tudo o que ele não pode ser). É um instinto de fabulação como o das crianças que dá tanta leveza, tanta irreverência vaporosa a *Les Caves du Vatican*, e a *Les Faux-Monnayeurs* dá tanta complexidade inverossímil. A prova de que Gide concebeu suas personagens com um prazer profundo, e de que foi o seu desejo de ser elas que nelas ele encarnou, essa prova eu veria em detalhes humildes, mas que não enganam. A volúpia de Lafcadio em usar certas roupas novas, minuciosamente descritas (como uma criança detalha o brinquedo que quer, ainda mais por ser imaginário); a atitude de Édouard em relação a Olivier. Assim como nos jogos infantis, a realidade cavalga de repente o fantástico: histórias vividas são inseridas no romance sem que Gide se dê o trabalho de mudar os nomes: o episódio do velho La Pérouse, o roubo de Georges (ver *Journal*, p. 691).

Les Faux-Monnayeurs – "O que eu gostaria que fosse esse romance? Uma encruzilhada – um encontro de problemas" (*Journal*, p. 760, ano 1923). A crítica provavelmente teria interesse em considerar esse livro como um grande romance russo pensado e escrito por um grande escritor francês. O tom, o espírito do episódio dos rapazes em *Os irmãos Karamazov*[5] está quase integralmente na primeira cena de *Les Faux-Monnayeurs*. Como todo romance de Dostoievski (exceto, talvez, *O eterno marido*[6]), *Les Faux-Monnayeurs* são um nó de histórias diversas, cujos elos não aparecem de início. (Foi a conselho de R. Martin du Gard que Gide reuniu essas intrigas independentes num só feixe.) Assim como *Les Caves du Vatican*, *Les Faux-Monnayeurs* são um romance diabólico; quero dizer que, sendo a unicidade da ação incessantemente rompida em proveito de perspectivas imprevisíveis e muitas vezes inexploradas, o que se tem é uma fantasia infernal. Prova *a contrario*: as narrativas de Gide são obras evangélicas; nelas, tom e intriga têm a simplicidade dos anjos.

* * *

Onomástica das personagens de Gide – Distinguir os heróis pelo nome e as personagens pelo sobrenome. Os nomes de família são, no mais das vezes, característicos ou irônicos (mas, com que sutileza escolhidos!): Baraglioul, Profitendieu, Fleurissoire[7]. Por meio do sobre-

5. Trad. bras., vol. IV, Rio de Janeiro, Nova Aguilar, 2ª ed., 2004.

6. Trad. bras., vol. III, Rio de Janeiro, Nova Aguilar, 2ª ed., 2004. (N. da T.)

7. 1. *Baraglioul*, talvez do sobrenome italiano Baraglio com sufixação ambígua: ou francesa (*oul*) ou italiana *iuolo*, com apócope do *-o*, como ocorre, por exemplo, em *figliuolo* > *figliuol*. No italiano moderno encontra-se, com maior afinidade fonética, *sbaraglio*, deverbal de *sbaragliare* (do provençal *esbharalha*), que significa *desbaratar*. 2. *Profitendieu* = *profit* (proveito, lucro) + *en* (em) + *dieu* (deus). 3. *Fleurissoire* = *fleurir*, com um de seus radicais *fleuriss-* (florir) + *oire* (sufixo mais ou menos equivalente ao português *-ório*). (N. da T.)

nome, Gide brinca com essas personagens, seus apegos, aquilo de que o comum das pessoas se orgulha, mas que, para Gide, as impede de ser autênticas. Os nomes, ao contrário, são sempre vagos, impessoais: Édouard, Michel, Bernard, Robert. São vestes largas, que nada denunciam; a personalidade desses heróis está em outra coisa, não no nome (ou seja: na família, na sociedade), coisa pela qual não são responsáveis. Há ainda os nomes mitológicos ou exóticos (também escolhidos simplesmente por serem bonitos): Ménalque, Lafcadio, cuja excentricidade histórica ou geográfica não confere classe nem nacionalidade ao herói, e avisa que não o encontraremos em nosso tempo ou em nossos lugares, justificando – talvez ironicamente – a estranheza de sua moral ou de seus atos. Parecem dizer: "Fiquem tranqüilos, vocês não encontrarão nenhum Ménalque e nenhum Lafcadio entre nós; mas talvez seja pena."

Romances de Gide – Notar que o lado habitual do romance (observações, atmosfera, psicologia) é silenciado. Tudo isso é considerado coisa sabida. O romance foi escrito além, a partir da trama ordinária; tem confiança na qualidade do leitor.

Nossa época, em alguns de seus maiores escritores (na verdade, desde Edgar A. Poe), poderia ser definida pelo fato de que o artista desmonta os procedimentos da criação e interessa-se por eles quase tanto quanto por sua obra. Porque se acabou de entender que a arte é um jogo, uma técnica (isso data do dia em que os franceses inventaram a fórmula da Arte pela Arte. Ver Nietzsche: *Além do bem e do mal*[8], af. 254). Não acredito que esteja interpretando erroneamente Valéry, ao dizer que ele se tornou poeta para poder dar conta exata dos procedimentos da poética. Donde o surpreendente *Diário de Édouard* e, também, vários trechos do *Diário.*

* * *

Ciências naturais – O *Diário* induzirá o futuro crítico a considerar demoradamente o gosto de Gide pelas ciências naturais. "Não cumpri minha vocação; naturalista é o que gostaria de ter sido, deveria ter sido" (*Journal*, p. 1305, ano 1938). Esse gosto permitiu-lhe lançar um longo olhar atento para o mundo formal. Todo poeta que se aprofunde um pouco deve aproximar-se do naturalista. As ciências naturais forneceram a Gide numerosas comparações, até partes inteiras de demonstração (em *Corydon*, com seus ataques aos livros científicos de Maeterlinck). É que nada melhor do que elas coloca o problema ontológico. Muitos grandes espíritos utilizam a ciência para explicitar esse problema, primeiro a si mesmos, depois a seus leitores. A atenção dispensada por Valéry à epistemologia, e por Gide às ciências naturais, deverá dar o que pensar.

8. Trad. bras., São Paulo, Companhia das Letras, 4ª ed., 1992. (N. da T.)

* * *

Lugares-comuns – Às vezes, em Gide, encontra-se a sombra de um lugar-comum, mas vestida daquele estilo sempre admirável, que, talvez naquele momento, o seduziu um pouco, iludiu-o. Mas não estou certo de que ele não tenha desejado esse pensamento neutro, para melhor fazer brotar a graça de sua expressão, ou mesmo por humildade, mais exatamente por aquela consciência que o faz explicar longamente (no *Diário*) problemas miúdos de tradução. Com esse homem, nunca se sabe; ele se pôs em estado de adiantar-se a nós na apreciação de suas fraquezas, de tal modo que dificilmente lhe possam ser imputadas. Não é seguro que ele não as esteja oferecendo voluntariamente, mas sem prevenir, sem avisar se está ou não consciente disso.

* * *

Coquetismo do uniforme – Consiste no fato de que é mais difícil brilhar quando todos dispõem de armas iguais e comuns; a vitória é assim mais valiosa. Para Gide também há certo coquetismo do lugar-comum, do uniforme. Com a mesma idéia e as mesmas palavras de todos, ele consegue dizer alguma coisa válida. É a regra clássica: ter coragem de dizer bem o que é evidente, de modo que um autor clássico nunca seduz à primeira leitura; seduz mais por aquilo que não disse, mas que seremos levados a descobrir naturalmente, tão bem desenhadas estão suas linhas essenciais. Mas também as linhas acessórias são suprimidas. É próprio da arte (ver, a propósito, certos desenhos significativos de Picasso). Montesquieu dizia: "Não se escreve bem sem saltar as idéias intermediárias", e Gide acrescenta: "Não há obra de arte sem escorço." Isso não deixa de conter uma primeira obscuridade, ou uma enorme simplicidade, que leva os medíocres a dizerem que "não entendem". Nesse sentido, os clássicos são os grandes mestres do obscuro, até do equívoco, ou seja, da preterição do supérfluo (o supérfluo de que é tão ávido o espírito vulgar), ou, se preferirem, da sombra propícia às meditações e às descobertas individuais. Obrigar a pensar sozinho, eis uma definição possível da cultura clássica; a partir daí ela já não é monopólio de um século, mas de todos os espíritos retos, quer se chamem Racine, Stendhal, Baudelaire ou Gide.

EXISTENCES

(revista trimestral da Associação "Les Etudiants au sanatorium", Centre Universitaire de Cure de Saint-Hilaire-du-Touvet), n.º 27, julho de 1942.

Reedição parcial no Magazine Littéraire, *n.º 97, fevereiro de 1975.*

PRAZER NOS CLÁSSICOS

Quem só lê os clássicos e quem não os lê de jeito nenhum têm todos o mesmo espírito fechado. Voiture e Fénelon são bem conhecidos por alguns professores que nunca abriram *À la recherche du temps perdu*[1]; mas Sévigné, La Bruyère e Saint-Simon também foram lidos, amados e citados por Proust; Montesquieu, Montaigne e Rousseau, o foram por Gide; Descartes, La Fontaine e Bossuet, por Valéry; os autores jansenistas, por Montherlant. Portanto, podemos, com toda a confiança, deixar-nos introduzir na Literatura Clássica por alguns grandes escritores modernos que recebem nossa atenção por outras razões, e cujo espírito soube desco-

1. Trad. bras. *Em busca do tempo perdido*, São Paulo, Globo, s/d. (N. da T.)

brir, nessa arte antiga, arcanos estranhos, ignorados por muitos. Haverá um prazer adicional em triunfar e inebriar-se com aquilo que causa tédio à maioria. Para ler os Clássicos, todos os motivos são bons, pois eles não enganam, não logram nem decepcionam; pode-se então, desde já, recomendar sua leitura por vaidade.

Em seguida, é preciso lê-los com intenção bem pessoal. Vou buscar, debaixo da generalidade de sua arte, a flecha que eles me atiraram através dos séculos. Minha procura será feliz na mesma medida em que os Clássicos, por serem muito concisos, são muito obscuros; como as divindades – que nunca falam, e por motivos óbvios –, eles se prestam a muitas interpretações, portanto a muitas adorações, e nada me impede de achar que uma máxima de La Bruyère ou um verso de Racine foram escritos para espelhar com exatidão a minha amargura ou minha paixão atuais. Através do equívoco de uma forma generalíssima, que cobre algo muito preciso, estabelece-se entre mim e o escritor uma espécie de cumplicidade lisonjeira; sinto-me escolhido; o artista me descobre; canta-me, canta minha dor, minha alegria, minha curiosidade; e canta bem; ele viu tudo, sentiu tudo, e mais outras coisas que eu não via nem sentia. Eco de um Narciso que não sabe falar, é meu duplo inspirado; sua confiança me ilumina; mas suas revelações são tão decentes, ele canta esse canto individual tão a propósito, com beleza tão plena, mas tão modesta, que não preciso enrubescer, e ao prazer de ter sido adivinhado soma-se o de não ser traído. Quanto mais paixão tiver o leitor, mais ele se encontrará nos Clássicos. Não poderá ler uma só de suas páginas sem reconhecer nela algo de si mesmo, e embora o parentesco proposto pelos Clássicos seja entre suas criaturas e nós, e não entre nós e eles, para mim só leitores sem coração e sem imaginação ficam frios diante desse espelho puro, inflamado por nós mesmos.

Mas, afinal, refletir o leitor é uma função de toda literatura, e não se sabe se a mais nobre. O que a torna sedutora nos Clássicos é que isso lhes repugna. Nunca falam de si, nunca de nós. Situaram sua arte na economia dos pronomes pessoais. Pensar e levar a pensar *eu*, mas dizer *eles* ou *a gente*, que tirania, mas também que majestade! Pode-se então dizer tudo ou mesmo dar tudo a entender. Ninguém é vítima da convenção, mas, se algum desastrado ousasse dispensá-la, o que se veria seria o excêntrico, o exagerado, o inacreditável, o arbitrário, o presunçoso, o inspirado, o tenebroso instalar-se na arte das Letras, como se instalaram dois séculos mais tarde, com a possibilidade de serem salvos pelo gênio, que nela perde forças. Já não cabe acreditar que a ficção das tragédias clássicas, que a solenidade das orações, que a secura das máximas sejam mais que convenção bela e hábil para vestir o mais individual. Freqüentar os clássicos é, portanto, ter uma lição contínua de decência, e, se quiserem, de silêncio; é fazer-se forte. Há também nesses escritores considerados sérios – ou seja, enfadonhos – a arte de uma comédia superior, aquela que pode ser representada, numa sociedade inteligente, por pessoas que se divertem em ser cerimoniosas, assim como outras se forçam a ser desbragadas. Eles não se levam tão a sério, e tapeiam aqueles que os tomam por sérios e se entediam.

Algumas pessoas poderão achar esse gosto austero demais e preferirão entregar-se à emoção de descobrir coisas novas nos novos autores. Ora, eu não acredito que os espíritos realmente vivos possam dispensar-se de cultivar o passado; a atenção dada aos problemas presentes só será frutuosa se não imaginarmos demais que eles são novos. Constatar que um estado e uma ação já foram distinguidos, nomeados, pesados, julgados, iluminados ou descartados por dois ou três grandes escritores do passado (pois eles não tinham nenhuma vergonha de repetir-se) nada tem de desanimador; permite, ao contrário, entender melhor o que fazemos; sentir as operações de nossa inteligência e os acidentes de nossa sensibilidade, conduzir-nos paralelamente ao pensamento de homens inteligentes, cuja visão era afinada pelo uso desenvolto de um repertório de truísmos, de meias-verdades e falsas verdades, herdadas do antigo, e pelas quais não se deixavam enganar, é saborear o prazer de já não ser singular, embora permanecendo o mesmo; é ser o mesmo e é ser homem; é ser sustentado por gerações anteriores de homens semelhantes, e basta saber que estamos na ponta dessas gerações para sentirmos a vertigem da escuridão e a segurança de um passado luminoso. Não há necessidade de murmurar "Tudo foi dito", como uma palavra de desesperança, mas sim entoar como um canto de solidariedade. "... O segundo ponto, o mais perigoso talvez, era estar em comércio íntimo com aqueles mortos ressuscitados; quem sabe, de ser enfim um deles?" (Michelet). Essa interrogação é bem romântica, mas a suprema elegância dos Clássicos consiste em poder-se ir até eles por caminhos inimigos; aliás, todos levam a eles.

Um lugar-comum freqüente é dizer que os Clássicos são eternos. São, mas não pela razão que se supõe; não o são tanto por terem encontrado a verdade, porém mais por a terem dito bem, ou seja, incompletamente; pois é um meio hábil de respeitá-la. Não se deve confundir ser claro com ser completo. A força clássica repousa nessa distinção; os Clássicos foram claros, de uma clareza terrível, mas tão claros que nessa transparência se pressentem vazios inquietantes que, devido à sua habilidade, não se sabe se foram ali postos ou simplesmente deixados. Um clássico não diz tudo, ao contrário (ressalvado o caso em que se imagine encontrar tudo); diz um pouco mais do que o que é evidente, e esse suplemento de desconhecido ainda é dito como se fosse evidente, de tal modo que, à força de clareza, não há em lugar algum obscuridade mais fatigante, silêncio mais terebrante que o pensamento clássico. Mas isso faz pensar, e pensar indefinidamente. O canto clássico é um canto solitário, mas a alma musical nele percebe harmônicos infinitos, em cuja descoberta ela se excita e inebria. Somos convidados a desmontar os lugares-comuns para encontrar finos paradoxos; a adivinhar, sob a fria razão, a paixão de dominar as paixões; sob pomposas admoestações, a ternura; sob máximas secas, a confissão etc. Os Clássicos se nos ofereceram com um tal desdém por explicar-se que nos deixam livres para neles tudo supor; sentimos que não se importam; nesse século generoso, a obra é propriedade pública; nela podemos haurir sem diminuí-la e sem nos rebaixarmos. Encerradas nos limites da perfeição, as obras clássicas são objetos finitos, complexos e admiráveis; mas também são tramas, esboços, esperanças em que se pode indefinidamente acrescentar.

A literatura clássica é um tabuleiro onde sempre se vêem lances novos; considerada conformista, presta-se às visões menos conformistas. Seus autores têm todos sua deliciosa impossibilidade. Aí está Corneille, que se consome para vencer as desordens do coração e faz nascer desse esforço uma paixão ainda mais monstruosa (que é a de nunca ter paixões). Aí está La Bruyère, postado à sombra de uma sociedade cruel e refinada, traçando em torno dela, como um arquiteto indiferente, as linhas que a medem e limitam, e misturando, a algumas banalidades sérias, ternuras com as quais Proust, encantado, não receou semear sua obra; aí está Descartes, filósofo por amor à quietude, tão cheio da palavra felicidade que as almas mais ávidas desse bem ainda não falaram dele com a mesma calma paixão. Aí está La Fontaine, pretenso sonhador, suposto simplório, moralista finório, na verdade o mais minucioso arquiteto do verso francês, o modelo laborioso de Racine e Valéry; aí está Rousseau, inventor de estados d'alma tão agudos e instáveis, que será preciso esperar Gide para encontrar-lhe o eco fremente. Mas todos esses nomes maiores, que se deixam tão facilmente ouvir como *singulares*, talvez tenham apenas uma glória ciosa de participar. Eles também são os Corneilles, os Racines, os Boileaus etc., cuja guirlanda um pouco áspera bordou a trama de nossos estudos ou ornou o frontão empoeirado de um anfiteatro da Sorbonne; também são os signos deformados mas necessários de um evento geral, o Classicismo; formam entre si uma confraria, e esses capitães de coorte implicam uma multidão de escritores menores mas inteligentes, que conferem à escola sua profundidade e sua força de impulsão. São tudo isso ao mesmo tempo; sua obra, sua pessoa, seu lugar prestam-se a infinitas variações. Os modernos têm o privilégio de pressentir mais fraternalmente as iluminações e as angústias de nossa alma, mas, para nós, não têm ainda esse poder explosivo dos Clássicos, cujas obras possuem a minuciosa, imprevisível e perigosa arquitetura das máquinas infernais.

Os clássicos ensinam a bem escrever; ensinam sobretudo que bem escrever não prescinde do bem-pensar. O estilo da boa narração francesa, o jargão filosófico, a escrita artística, a profecia obscura, tudo isso se desagrega depois de provocar certas sensações; mas a prosa densa dos grandes Clássicos, seja ela pesada ou incisiva, seus versos sensuais grudam ao pensamento como a carne ao osso; haja magreza ou opulência de estilo, a compleição é a mesma, é a compleição de grandes artistas.

Aquele século deu lugar e grandeza à retórica. Os problemas de retórica não são particulares, nem acessórios, nem inúteis; a arte de bem falar comanda, de modo decisivo, as operações essenciais da vida. É a chave de todas as superioridades. Aqueles que a humanidade toma por seus grandes homens puderam prescindir de ser escritores? (César, Leonardo da Vinci, Napoleão, Delacroix, Laplace etc.) É sempre preciso desconfiar dos grandes homens que desdenham o bem-escrever. Durarão? Passam o mármore, o rio, as leis e os costumes, mas é a palavra que mais sobrevive, e civilizações mortas ainda brilham apenas por sua voz. As tragédias de Racine, em que se debatem os amores mais angustiados, reduzem-se a alguns problemas de retórica, e nisso não há nenhum demérito; acompanhem os monólogos de Berenice ou de Hermíone, e verão que aquele amor só é belo pela sua voz, mais precisamente pelas figuras por meio das quais o pensamento avança, porque as coisas são ditas e depois reditas um pouco mais profundamente, assim como na maré montante cada vaga cobre e ultrapassa um pouco a área desenhada pela anterior. Sobre essa arte, os Clássicos nos deixaram alguns preceitos e muitos exemplos; os debates sobre o estilo, aos quais não faltou a voz de um único escritor clássico – de Montaigne a Vauvenargues –, receberam dos mais sisudos (Pascal, Bossuet, Fénelon) a mesma atenção que séculos mais frívolos dedicaram à natureza do ser ou à origem e ao destino da alma. Eram então perseguidos profundos desígnios, e de passagem – assim como Leonardo, buscando além, fazia seus quadros –, criava-se a admirável língua dos séculos XVII e XVIII, de que nenhum escritor moderno consegue deslembrar-se; nela, ele aprende a reter a expressão em vez de forçá-la, a esvaziar a imagem em vez de abarrotá-la, a ordenar o pensamento na cadência de um longo sopro em vez que fragmentá-lo em anotações bruscas. Só pode ser grande o resultado de um trabalho que castiga. Vejo as investigações multiformes e ordenadas da retórica clássica, dirigidas à máxima, à eloqüência, ao tratado e ao diálogo como uma tentativa essencial do espírito para renovar o mito de Orfeu e acorrentar à palavra objetos e homens renitentes. Ainda nesse aspecto, não ser clássico só se permite aos gênios (e sabe-se lá se estes também não foram todos a essa escola, e se lá não voltam com freqüência).

Muitas vezes vemos pessoas que se devotam – e é mesmo um voto quase eterno – à leitura de obras volumosas (*... E o vento levou*, *Sparkenbroke*, *A fonte*). Os que acham que a vida é interessante – fora dos livros – sofrem com o tamanho dessas obras; pensam nas tragédias de Racine, cujos cinco atos são lidos em uma hora; nas máximas de La Bruyère e de Chamfort, das quais é lícito nutrir-se no ritmo que se quiser; numa página de Descartes ou de Bossuet, que pode ser isolada sem nada subtrair à sua plenitude; numa *rêverie* de Rousseau, inteiramente acessível nos momentos de vazio profundo e breve que o dia ajeita entre dois prazeres ou dois tédios. Estes querem dedicar à leitura uma parte menor de seu tempo, mas por nada no mundo renunciariam a ela. Estes estão maduros para ler os Clássicos.

Corre sobre esses escritores não sei que rumor de tédio; fiéis à primeira e primitiva idéia que temos deles, nós os envolvemos numa névoa fúnebre, e nos expomos a deixar de reconhecer as operações precisas e atuais que esses grandes homens perseguem, por trás de sua eterna seriedade. Nem sempre evitam o tédio, mas com quantas belezas e vivacidades este não é resgatado? Eles são uma espécie de veneno útil; amargo ou suculento, seu efeito depende da dose e da constituição de quem o absorve; por isso é que os Clássicos não são tão lidos quanto merecem, e que às vezes são preteridos em favor de autores mais copiosos, cuja virtude mais difusa, mais diluída, lisonjeia mais as almas que seguem o pendor dos sonhos mais fáceis. Ora, é preciso ir ao essencial; não é questão de moral, é questão de prazer, e não há prazer maior que uma disciplina frutuosa. É óbvio que devemos antes satisfazer a curiosidade que temos pelos autores contemporâneos; mas é preciso sentir que esses e os Clássicos são irmãos; é preciso ir ininterruptamente de uns aos outros. Vemos jovens apaixonados por Montherlant, por exemplo, imaginando que, fora dos modernos, não há moral audaciosa, e no entanto Montherlant nem ninguém ainda ousou *Les Liaisons dangereuses*[2]. Esse livro, de uma

2. As traduções em língua portuguesa da obra de Chordelos de Laclos, *Les Liaisons dangereuses,* receberam dois títulos diferentes: *As ligações perigosas* e *As relações perigosas.* Adotamos aqui este último. [Trad. bras., São Paulo, Globo, s/d.]. (N.da T.)

inteligência realmente precisa, é tão bem escrito que muitos resvalam e não se detêm neles, cansados pela extrema fixidez da perfeição; é uma porta oculta, mas de modo algum estreita.

Considerando tudo, aqui só apresentamos um pequeno pleito. Mas tratava-se de introduzir aos Clássicos, e não de proferir um louvor à sua altura. Era preciso supor, no leitor renitente, alguns pontos fracos, e é de se notar que, destes, ainda escolhemos os mais nobres. A literatura tem seus santos, seus pontífices, seus teólogos, seus indiferentes, seus jansenistas, seus padroeiros, seus mártires, seus detratores, seus loucos, seus iludidos etc.; não é mau que também tenha jesuítas que mostrem o paraíso clássico por seus caminhos mais fáceis.

Nada é mais contrário à honestidade que o hábito das citações e das antologias, mas nada obriga a ser sempre ser honesto, e é possível apresentar alguns fragmentos de textos clássicos, como aquelas múltiplas iguarias que antecedem as refeições das *Mil e uma noites*, das quais nos vamos servindo ao acaso, para abrir o apetite. Nem todas essas citações agradarão a todos, e quem as propõe é provavelmente o único lugar geométrico do prazer e do interesse que cada uma contém. Podem agradar por motivos diferentes. São dadas sem ordem, sem explicação. Podem apenas servir para sustentar algumas afirmações anteriores. Mas quem quiser que encontre nelas o que quiser. São iscas. O importante é que prometem.

"Embora não haja nada no mundo que os homens estimem tanto quanto a liberdade, ouso dizer que não há nada que eles entendam menos, e que eles se escravizam todos os dias pela afeição que têm à independência..."

(Bossuet)

... – Cette haute vertu qui règne dans votre âme
Se rend-elle si tôt à cette lâche flamme?
– Ne la nomme point lâche à présent que chez moi,
Pompeuse et triomphante, elle me fait la loi.
Porte-lui du respect puisqu'elle m'est si chère...[2]

(Le Cid)

A servidão rebaixa os homens a ponto de ser amada por eles.

(Vauvenargues)

Jours devenus moments, moments filés de soie,
Moments pour qui le sort rend ses voeux superflus,
Délicieux moments, vous ne reviendrez plus.[3]

(La Fontaine)

---

2. ... – A virtude maior que n'alma vossa impera
Uma chama covarde assim cedo supera?
Não a chames covarde: é ela, neste instante,
Que em mim impõe a lei, pomposa e triunfante.
Mais respeito com ela, a quem eu muito prezo... (N. da T.)

3. Dias que se tornaram momentos, momentos tecidos de seda, / Momentos para quem a sorte torna os desejos vãos, / Deliciosos momentos, não mais voltareis. (N. da T.: tradução literal.)

A noite avançava. Avistei o céu, algumas estrelas e um pouco de verdor. Essa primeira sensação foi um momento delicioso. Ainda só me sentia por meio de tais coisas. Naquele instante, eu nascia para a vida, e parecia-me preencher, com minha leve existência, todos os objetos que enxergava.

(Rousseau)

Os que nasceram eloqüentes às vezes falam com tanta clareza e brevidade sobre as grandes coisas, que a maioria dos homens nem imagina que eles falam com profundidade.

(Vauvenargues)

O que constitui ordinariamente uma alma forte é ser ela dominada por alguma paixão altiva e corajosa, à qual todas as outras, embora vivas, estão subordinadas.

(Vauvenargues)

É preciso saber fazer as asneiras que nos pede nosso caráter.

(Chamfort)

É preciso que cada um tenha seu turno, e fico com raiva de ver pais que vivem tanto quanto o filho.

(Molière)

J'ai vu la beauté même et les grâces dormantes.
Un doux ressouvenir de cent choses charmantes
Me suit dans les déserts...[4]

(La Fontaine)

(O que se chama nu no século XVII): Guitaut estava nu em mangas de camisa e calções.

(Mme de Sévigné)

C'est craindre, menacer et gémir trop longtemps.
Je meurs si je vous perds, mais je meurs si j'attends.[5]

(Racine)

Sentira contentamentos tão extremos desde que começara a usar esse método, que não acreditava ser possível tê-los mais ternos nem mais inocentes nesta vida.

(Descartes)

Não deves, minha filha, contar com suas leituras; ontem ele nos confessou, com a maior simplicidade, que é incapaz de ler atualmente – sua juventude é muito ruidosa, ele não ouve. O que nos aflige

4. Vi a beleza pura e as graças dormindo.
Suave recordar de mil coisas tão lindas
Segue-me nos desertos... (N. da T.)

5. Será tempo demais a gemer, temer, ameaçar / Morro se vos perder, mas morro se esperar. (N. da T.: tradução literal).

é que não tenha ao menos vontade de ler; bom seria se o que lhe faltasse fosse apenas tempo; mas é vontade.

(Mme de Sévigné)

... Mais les ouvrages les plus courts
Sont toujours les meilleurs, En cela, j'ai pour guides
Tous les maîtres de l'art, et tiens qu'il faut laisser
Dans les plus beaux sujets quelque chose à penser.[6]

(La Fontaine)

Il dompta les mutins, reste pâle et sanglant
Des flammes, de la faim, des fureurs intestines...[7]

(Racine)

Embora o amor nunca tenha medidas bem regradas em país algum, ouso dizer que não há nada muito extravagante na França, seja na maneira como ele é feito, seja nos acontecimentos que comumente produz.

(Saint-Evremond)

6. Mas as obras mais curtas
Melhores sempre são. Nisso tenho por guias
Todos os mestres de arte, e acho que é bom deixar
Em tudo o que é bonito algo para pensar. (N. da T.)

7. Dominou os rebeldes, resto pálido e sangrento / das chamas, da fome, do furor intestino. (N. da T.: tradução literal.)

Estar com pessoas que amamos é o que basta: sonhar, falar-lhes, não lhes falar, pensar nelas, pensar em coisas mais indiferentes, mas junto delas, dá tudo no mesmo.

(La Bruyère)

Essa tristeza majestosa em que consiste todo o prazer da tragédia...

(Racine)

... Les délices du soir font un triste matin.
Ainsi la douceur sensuelle
Nous cache sa pointe mortelle
Qui nous flatte à l'entrée et nous tue à la fin.[8]

(Corneille)

Odeio a guerra porque ela estraga a conversa.

(Fontenelle)

Se vos danais, danai-vos ao menos por pecados agradáveis.

(Voltaire)

....

8. Prazer da noite dá em manhã entristecida.
Assim o dulçor sensual
Esconde sua ponta mortal
Que bajula na entrada e mata na saída. (N. da T.)

"Dizia um cortesão, no enterro de Luís XIV: 'Depois da morte do rei, pode-se crer em tudo.'"

(Chamfort)

Em tão grande revés, que mais vos resta? – Eu.

(Corneille)

(Por certas razões, não podem ser citados numerosos textos que teriam dado prazer e coragem ao leitor; contudo, nada impede que ele siga as pegadas em Vauvenargues, Chamfort, Michelet, La Fontaine, Hugo etc.)

EXISTENCES
1944

REFLEXÃO SOBRE O ESTILO DE *O ESTRANGEIRO*[1]

Fundo e forma

Podemos cansar-nos de perseguir o impossível abraço das idéias, assim como outros desesperam de atingir o impossível acordo das almas. Podemos duvidar de tudo, exceto das palavras, de que precisamos para duvidar; elas talvez não tenham nenhum poder definitivo, mas um admirável deslumbramento de superfície com que um coração simples tem o direito de encantar-se. Um belo texto é como a água do mar; a cor vem do reflexo do fundo sobre a superfície, que é por onde precisamos passear, não pelo céu ou pelos abismos; é pre-

1. Trad. bras., Rio de Janeiro, Record, 16ª ed., 1997. (N. da T.)

ciso admitir que as idéias estão sempre mais acima ou mais abaixo da linha das palavras, e essa terebrante oscilação é fonte de aflição; mas a linha das palavras é bela. Às vezes é bom não explorar, e ater-se a esse delicado suporte das palavras. Precisamente, o estilo de *O estrangeiro* tem algo de marinho: é uma espécie de substância neutra, mas um pouco vertiginosa por força da monotonia, às vezes atravessada por fulgurações, mas sobretudo submetida à presença submarina de areias imóveis, que encadeiam esse estilo e o colorem. Carregadas pela luz branca de *O mito de Sísifo*[2], essas areias aparecem formadas de cristais duros. O estilo de *O estrangeiro* é, portanto, um exemplo notável de bizarras incidências do fundo sobre a forma. Esse fenômeno de reflexão exige que se fale um pouco a respeito.

Prazer do estilo

O prazer do estilo, mesmo nas obras de vanguarda, nunca será obtido pela fidelidade a certas preocupações clássicas como harmonia, correção, simplicidade, beleza etc., enfim pelos elementos seculares do gosto. Essas convenções foram respeitadas – ou melhor, sujeitadas – por Camus, ainda que o estilo de seu livro se

2. Trad. bras., Rio de Janeiro, Record, 2004. (N. da T.)

baseie num dado contraditório: esse livro respira o absurdo, o "tanto faz", e esse livro é, no entanto, uma obra de arte, ou seja, ele se submete a técnicas antigas como Lucrécio, e sua escrita não rompe com os hábitos e os objetivos de uma literatura inteligente, ou seja, dirigida; o cuidado de agradar ao público (que desde o prefácio de *Bérénice* é o grande princípio clássico), o concerto dos procedimentos retóricos, todo esse trabalho cheio de esperança está, à primeira vista, em contradição com o absurdo. Mas, na verdade, essa contradição não é muito perceptível, pois Camus conseguiu um estilo estranho, em que os meios clássicos são empregados com uma reticência perpétua. O resultado é que esse livro não tem estilo, sendo porém bem escrito; que sua ausência de ênfase[3] (entendendo essa palavra em seu sentido mais digno, mais necessário) é uma espécie de vitória nula; que todo o esforço e todas as atitudes do espírito criador foram realizados, mas que, voluntariamente, não se reteve o seu resultado; o admirável efeito desse trabalho é uma água a correr, nada: não há literatura, mas também não há negligência alguma; não há frases, mas proposições; não há a ilusão da forma, mas também não há nenhum desprezo pela

3. Baudelaire chamava a atenção para "a verdade enfática do gesto nas grandes circunstâncias da vida". Para o absurdo, não há grandes circunstâncias; e a ênfase e o sublime não se justificam.

forma; estilo que não busca a imagem, mas não a teme; estilo peregrino como sua personagem.

Donde vem então nosso prazer?

Primeiramente, do fato de que essas contradições são bem resolvidas; Camus obteve um acordo entre história e língua; criou a linguagem de certa ausência, ou pelo menos de uma presença sem paixão; mas, ao passo que a ausência de paixão implica, comumente, algo como evasão mística ou estupor estóico, seu estilo tem alguma coisa de indiscretamente atento; é um estilo indiferente, se quiserem (e mais! – o que é admiravelmente bem-sucedido – às vezes restam alguns frêmitos de uma desesperança moribunda), mas não sonhador, insensível, mas não inumano; um estilo que acredita nos Bons e nos Maus, mas não reivindica nada.

Em segundo lugar, porque esse estilo invisível soube conservar o essencial de uma bela obra: o *mélos*, o elã que faz o livro fluir. Três frases do início bastam para nos prender; nosso prazer está garantido. Esse *mélos* constitui, definitivamente, a arte de escrever; talvez pudéssemos não fazer caso das imagens e do ar de verdade das idéias, considerando-os procedimentos saborosos, mas cada um com sua moda; é o movimento que é essencial. As grandes obras são aquelas que têm um bom andamento (*As relações perigosas*, *Lucien Leuwen*, Balzac etc.). O grande escritor detesta o estilo de *gêne-*

ro, mas não escreve nada que não tenha certo *tom*; e, pelo exemplo de *O estrangeiro*, vê-se que o estilo de raça é afinal mais hábil e menos cansativo que o estilo de gênio (Céline).

Por fim, esse estilo não é seco; tem a espécie de ternura familiar das coisas cotidianas e, sobretudo, às vezes chameja, não se priva daquilo que se poderia chamar de irracional do estilo, ou seja, se quiserem, das imagens, levando-se em conta tudo aquilo com que essa palavra se enriqueceu, desde as incursões surrealistas.

O testemunho e a obra

A obra absurda é ameaçada pela anarquia do estilo; e se sucumbisse, já não seria uma obra, mas um testemunho; ora, nada é mais contrário à lógica do absurdo do que testemunhar, mesmo sobre o absurdo. O testemunho, a obra-testemunho, é uma das irreprimíveis invenções das civilizações religiosas; "testemunhar", como mais recentemente "visitar", são daquelas palavras privilegiadas com as quais a religião se sente à vontade, e que garantem a muitos escritores a impunidade do profeta, do sacerdote ou da testemunha. O escritor é mais ou menos "visitado", e então "manifesta", "testemunha". Esse vocabulário acaba por enjoar, e passa-se a desejar, como um fanal de tempos mais salubres, uma obra que seja gratuita até o fim, da qual não se possa extrair nada, a não ser a evidência e a descrição do absurdo, uma obra resistente, pura e solitária, que ninguém – absolutamente ninguém, venha de que lado vier – possa puxar para si. Naturalmente, as obras céticas ou revoltadas, mesmo na forma mais anárquica possível, pela insuportável presunção de sua anarquia, sempre acabam em testemunho. A obra de Céline é um testemunho tanto quanto a obra de Claudel, mas *Moby Dick* não o é mais do que *As relações perigosas.* Deve-se notar que, nesta última obra – se admitirmos que ela já prefigura o absurdo – como em *O estrangeiro*, o frio verniz do estilo age como um isolante; ele corta toda e qualquer indução para pensamentos encorajadores e explicativos, e serve fielmente o absurdo como um bom cão de guarda. Imagino que, para um jovem criador, atormentado pelos dramas preliminares do absurdo, seja grande a tentação de dizer não ao estilo; ele acreditará estar suprimindo a ênfase ao suprimir os procedimentos; os tiques de Céline lhe parecerão o *nec plus ultra* do vigor e da franqueza; a frase sem verbo e sem pronome relativo, uma bela vitória sobre a frondosidade à Chateaubriand (um frondoso exuberante, é bom não esquecer); o estilo falado (telegráfico ou de gíria), uma corajosa intervenção contra os cinzelamentos irritantes de Flaubert ou Anatole France.

Essas reações – supondo-se que realmente ameacem – seriam fraquezas, e sabe-se já que *O estrangeiro* as evitou; com dados de vanguarda, Camus construiu uma obra que tem a musical simplicidade de *Bérénice*; nisso ele foi absurdo até o fim, pois ao contrário do testemunho, que – mesmo quando anárquico e desesperado – sempre faz o efeito de duas torres de catedral, estendidas como braços para dar sentido ao céu, a obra é, por definição, um escândalo, incomoda uma ordem qualquer da natureza, interrompe uma hierarquia do universo; desorganiza uma explicação e faz calar uma mentira; tácita e incômoda, ela se suspende no olhar de todos como um *nonsense* tão inelutável quanto o próprio *nonsense* da criação. Por isso imagino que, em *O mito de Sísifo*, Camus poderia ter acrescentado à sua galeria de personagens absurdas o estilista, que conhece a máscara que põe no rosto e não a traz ingenuamente na mão.

Estilo e absurdo

Recapitulemos. O fato de uma obra absurda manter-se cuidadosa com a forma, e exigir os habituais procedimentos da retórica clássica, pode parecer uma contradição. Essa contradição não é uma idéia vã, se previrmos de que anarquia formal estão ameaçados os "testemunhos" sobre o absurdo.

Ora, não há razão alguma para o absurdo abandonar o estilo; primeiramente, o absurdo não é mestre de ascese; a volúpia do estilo não lhe é desdenhável; o absurdo não dirige o homem obrigatoriamente para o suicídio, nem o criador para o assassinato da forma. Em segundo lugar, sacrificar o estilo seria, na ordem da retórica, um "salto" análogo ao que Camus denuncia no sacrifício do Intelecto de Loyola ou de Kierkegaard. O estilo é a crista difícil em que o homem absurdo deve manter-se, entre as idéias infinitas e as palavras inconsistentes. A ausência de estilo não seria, definitivamente, nada mais – em relação ao absurdo – que uma espécie de estilística de consolação, assim como o ateísmo racionalista não passa de um novo salto para a esperança. Mais vale então aceitar, sujeitar o estilo e fazer dele um objeto na medida do desespero absurdo, da felicidade absurda. Se o homem considerar com simpatia – e não com desprezo devastador – o ardor das palavras, seu poder primário de descrição (guerra ao realismo e ao símbolo), reconhecerá no estilo o primeiro instrumento do absurdo, cujo fim é descrever, e não explicar.

Um estilo no *passé composé*[2]

Até agora o estilo descritivo foi muitas vezes suspeito, porque os escritores mais bem-dotados viam nele um procedimento episódico, e não se incomodavam de expor amplamente a sua pintura, com refinamentos da cor ou do desenho; a descrição era um ornamento do mito; para o absurdo já não há mito, e a descrição perde todo o pitoresco; ela se torna necessária como a necessidade antiga, aquela realidade última que torna os deuses ridículos, mas nada existe para além de uma nem de outra. O estilo absurdo é plano e profundo como um vidro. A descrição absurda detém o poder surreal e ambíguo do espelho; precisa de tempos adequados à escala de seu tremor; renunciará de bom grado ao *passé simple*, tempo pontual e romântico, surrado por Flaubert, para adotar o *passé composé*, mistura de presente e passado, em que o acontecimento, suficientemente decantado, ainda ressoa surdamente, ao mesmo tempo distante e presente, distinto e estranho, inacessível e individual como um fenômeno de tragédia grega. Pode muito bem ser que com *O estrangeiro* – sem exagerar demais a importância dessa obra – se eleve

2. O francês tem duas formas correspondentes àquilo que em português conhecemos por pretérito perfeito: uma forma simples (*passé simple*) e uma composta (*passé composé*). Além de outras diferenças, a primeira forma é tipicamente reservada à língua escrita e formal. (N. da T.)

um novo estilo, estilo do silêncio e silêncio do estilo, em que a voz do artista – igualmente afastada de suspiros, blasfêmias e cânticos – é uma voz branca, única em harmonia com nosso desamparo irremediável.

EXISTENCES
julho de 1944

JEAN CAYROL E SEUS ROMANCES

Há uma classe inteira de romances que são a história, não de um homem nem de um acontecimento, mas de uma duração. Assim, é quase sempre o espetáculo de uma decadência, da degradação progressiva de uma situação ou de um sentimento o que justifica realmente o romance balzaquiano. Em Flaubert, a duração nada engendra, e aí está precisamente a matéria do romance. Ao contrário, o romance sinfônico de Laclos é inteiramente feito de uma duração adicionada como a montagem minuciosa mas implacável de uma máquina infernal, cujos momentos são *compostos*, como, aliás, em toda arte clássica. Nesses romances, o drama da duração absorve todas as outras significações. De modo que, se tivéssemos de escrever uma estética do Romance, a duração não apareceria como uma categoria, como o são o espaço ou a carne, mas como a essência e o poder mesmo do Romance. É o que, aliás, permite dar crédito à noção de romance puro, de verdadeiro romance. Um romance assim não é forçosamente o que renuncia a qualquer outra significação que não seja a de sua história; é aquele que concebe o drama humano apenas como o drama de uma duração. Parece que, à medida que quer aproximar-se de um sentido ideal, o romance deixa de se preocupar com uma significação temporal. Seria vão procurar uma duração – e isso não é um juízo de valor – em *Les Faux-Monnayeurs* ou em *O estrangeiro*: neles há uma experiência – moral ou existencial, sustentada pelo Tempo inevitável da narrativa; mas esse tempo nada tem a ver com o da duração. Ao contrário, com vários meios, dos quais o principal é o uso de um tique gramatical vazio, como o *passé simple*, a Narrativa sempre tende para a destruição do Tempo; a duração, porém, está ligada a outra coisa, não à gramática: ela permanece, independente dos tempos verbais – e do próprio Tempo –, toda vez que é motivo e fim do Romance. Portanto, não existe contradição entre a impotência do Romance para restaurar o Tempo – esse privilégio é da música, por exemplo – e seu poder de realizar uma duração.

Se essa definição for exata, o romance de Cayrol,[1] embora de ação apagada ou misteriosa, é um verdadeiro romance, pois é pleno dessa duração, que é a de um nascimento múltiplo. O contínuo cayroliano não é feito de uma intriga, no sentido habitual da palavra; é um contínuo de episódios, de reencontros, de descrições, no qual o acontecimento é levado a uma espécie de estado zero, cuja tenuidade desconcerta; no entanto, nada de transparente: há toda uma criptografia cayroliana; adivinha-se um sistema oculto de referências, emoções,

1. Falamos aqui unicamente dos três últimos romances de Jean Cayrol. Como se sabe, trata-se de uma trilogia: as duas primeiras narrativas – *On vous parle* e *Les Premiers Jours* – têm um título geral: *Je vivrai l'amour des autres.* O último romance chama-se *Le Feu qui prend.* Na primeira narrativa, escrita na primeira pessoa, o Narrador vive uma existência anônima e insignificante, no fundo de um quarto de hotel ou na rua; é uma espécie de estrangeiro paupérrimo, sem passado, cuja atenção se volta inteiramente para a descrição dos objetos familiares, de alguns seres ou de algumas lembranças que ele redescobre ou reencontra por acaso. Esse universo sem acontecimentos um dia é rompido: o Narrador perde o quarto. Mas o dono de um café o recolhe num quarto de despejos: já não está sozinho, e é o primeiro dia. Na segunda narrativa, o Narrador chama-se Armand; sua atenção aos objetos e aos seres não diminuiu, mas ocorre num meio mais preciso, mais socializado: ele observa uma estação, um café, uma rua, uma feira; a cidade se desdobra, a história começa. Armand mora com um casal, Albert e a amante Lucette; ele vê esse casal viver intensamente, muito fraco ainda, provavelmente, para se apropriar de Lucette e afastar Albert. Por isso, no dia em que Armand sente a dor do ciúme, essa descoberta é um júbilo, pois significa que ele atingiu enfim a humanidade. Na terceira narrativa, Armand já avançou bastante na via de sua história; atuou no mercado negro, viveu com Lucette, ganhou o dinheiro que Lucette gastava; para que a polícia possa esquecê-lo um pouco, ele decide, prudentemente, ir morar certo tempo com a família; assim, reencontra a mãe, o marido dela, um meio-irmão, Tom, e uma filha de seu padrasto, Francine; também reencontra um nome – que, aliás, não será o seu. Essa família quase nada lhe dá, por mais boa vontade que ele tenha em penetrar nela; ela logo se dissolve; a mãe morre, Tom vai preso, o padrasto começa a beber. Só Francine parece dirigir a vida de Armand para o segredo de uma espiritualidade aliás inominada. E depois que a mulher da segunda narrativa, Lucette, volta para morrer, ferida, no quarto dele, a aurora de um dia feliz nasce para Francine e para Armand.

aversões, impulsos, indignações e decisões, dados sempre por uma lítotes dos sentimentos, bem mais profunda que a do estilo. O acontecimento cayroliano pareceria impossível de decifrar se, graças a essa espécie de encantamento voluptuoso próprio das belas obras, não captássemos o frêmito de uma Natureza a nascer. Através dessas três narrativas, um homem, homens e objetos passam da indeterminação de um mundo pré-adâmico à identidade de um mundo histórico, para finalmente o ultrapassar. Esse nascimento multiforme é como um movimento que toca aos poucos todos os materiais da obra: os homens nascem dos objetos, a posse do amor nasce da procuração do amor, um homem com nome sai de uma voz anônima, a narrativa sai da confidência, e o próprio romance nasce enfim como um gesto humano perfeitamente formado e como um ato precioso de ternura. Assim, o mundo cayroliano é tomado, em todas as suas partes, por uma incessante germinação; para Cayrol, seja qual for a distância entre os termos, por mais que ele parta de longe, e por mais misteriosamente que chegue, não há duração sem nascimento. No entanto, esse movimento é sem triunfo, não se trata de um romance do otimismo, não se trata de uma exaltação. Simplesmente, num tempo interior infinitamente recuado, rechaçado por algum cataclismo inominado – como, talvez, os campos de concentração[2] –, aquém do humano, há uma instituição progressiva do homem num mundo já instituído em suas bases inumanas (os objetos). O homem cayroliano não nasce propriamente; ele vai abarcando aos poucos os atributos da identidade, volta a ser um homem suficientemente socializado por ter diante de si a problemática humana em sua inteireza. Nascido numa penúria inimaginável, o homem cayroliano atinge enfim uma fraqueza humana; o romance termina mais ou menos onde a humanidade começa.

A maioria dos romances têm início numa família; para Cayrol, a família é o último lugar de seu romance. No começo, bem longe, aquém da família, há um espaço inumano e necessário, o quarto de hotel, reduto ao qual se chega passando por outros quartos habitados; é um lugar inteiramente desprovido de identidade, enterrado atrás de várias humanidades que são como coberturas geológicas desse nicho, onde vive um homem que ainda só tem como história a história dos outros. Como em todo mito da clausura, esse primeiro quarto é ao mesmo tempo miséria e segurança. Quando acha que o perdeu, o homem cayroliano está perdido; sem espaço pessoal, fraco demais ainda para se apro-

2. Jean Cayrol foi preso em 1942, por participar da resistência, e deportado no ano seguinte para o campo de concentração de Mauthausen. (N. da T.)

priar da rua, ele não é mais nada; só reencontra o fio de seu destino quando abrigado pelo dono de um bistrô que o aloja num sótão, no nível das vassouras. Assim, o único acontecimento do primeiro livro é essa passagem de um quarto para o outro. Aqui, o quarto constitui o espaço mais distante de qualquer sociologia. Não há nada aquém desse primeiro quarto de hotel; é a primeira origem de um mundo de origens incognoscíveis, em todo caso inominadas. E quando o homem cayroliano se apropria dos espaços sucessivos, cada vez mais socializados – primeiro o quarto de hotel, ou o abrigo escuro e anônimo de um cinema, depois o terraço de um café, a rua, a cidade, uma família, um amor por fim –, trata-se de um revigoramento progressivo, da passagem de uma astenia infinita à aurora de uma sociologia. Esses espaços urbanos são como eras sucessivas que trariam, enfim, o tempo do primeiro homem.

* * *

Há um homem cayroliano – Esse adamismo explode em todas as partes do romance; há um homem cayroliano, como há um homem pascaliano. Em Cayrol, o Homem é o tempo todo pensado no singular, e a narração ganha movimento e unidade da existência desse homem. É bem instrutivo, a respeito, que a primeira narrativa seja escrita na primeira pessoa, e as duas seguintes, na terceira. Como veremos depois, a passagem do *eu* para o *ele* significa, acima de tudo, que há nascimento da Literatura, de modo que o *ele* cayroliano não passa de transformação formal do primeiro *eu*. Por isso, a duração do Romance não é a duração do Narrador, e uma das qualidades obrigatórias dessa duração única é formar a narrativa a partir de um único corpo humano. O romance repousa apenas no tempo biológico do narrador, cuja cenestesia, a sensibilidade interna, abrasa toda a narrativa; o corpo se sente bem ou mal, de acordo com pequenos incômodos ou emoções profundas, mas, sobretudo, sente-se existir, por um dedo que dói, uma mecha que não pára, a náusea por uma fruta ou pelo sangue a escorrer. O desvendamento das coisas ganha assim raízes na espessura de uma carne, e tudo é prisioneiro de uma unidade da qual é impossível esquivar-se. A carne é aqui, ao mesmo tempo, fraqueza e razão do homem: ela justifica sua existência e sua incompletude. Esse tema é bem moderno: sentir o próprio corpo e descobrir o mundo, do coração desse mal-estar, data mais ou menos de Rousseau e de Maine de Biran. Esse acontecimento do corpo interior na Literatura marca, evidentemente, uma nova relação entre o mundo e o homem, mas não abole de modo algum a singularidade da criatura humana. Em toda literatura que não seja francamente histórica, o sentimento interno da existência não contradiz o essencialismo do homem; ao contrário, impondo ao homem que viva no presente de suas sensações – ao contrário do homem balzaquiano, que nada mais é que uma função da História –, a carne priva facilmente o homem de seu passado e o mantém num tempo puramente biológico, sem História antecedente. No fundo, é por ter o homem cayroliano um corpo e por senti-lo existir, que seu itinerário romanesco, embora o conduza de nascimento a nascimento, só pode partir de um homem já concebido, saído da noite com uma fraqueza imensa, mas, apesar disso, já armado de sua qualidade de homem. Esse dado essencial do romance cayroliano impõe à História uma ressalva permanente. A História, ou seja, o nascimento progressivo de uma sociologia em torno desse homem instituído por um decreto anterior ao Romance, a História nunca é mais que a duração de certas propriedades desse homem. O romance só existe concretamente por essas propriedades, fraqueza, fervor, desterro, maneira de amar, de apreender os objetos, de sofrer, de ver nascer o dia etc.; contudo, o essencial do romance, o homem cayroliano, está ao abrigo do romance, é-lhe central e no entanto exterior.

Há, portanto, duas espécies de terceira pessoa. O *ele* histórico não cobre personalidade nem generalidade; não passa de uma álgebra da História. O *ele* cayroliano, embora inteiramente fundido na duração romanesca, mantém fora do romance uma parte de si mesmo, que é a parte de seu passado desconhecido e de seu futuro misterioso. Esses dois segredos desenham um trajeto, uma vocação, e subtraem o homem essencial à história de sua existência. Por isso, embora o homem cayroliano nasça pouco a pouco, através de uma série de identidades cada vez mais precisas, sua eternidade explode no silêncio de sua origem, assim como o homem adâmico, justamente por nascer, institui a primeira imagem do homem, mas não o primeiro homem. A voz que entoa a primeira narrativa (*On vous parle*) é uma voz voluntariamente sem passado, mas não sem sofrimento; sente-se, sabe-se que ela se eleva para fora de uma ruptura, e que o drama cayroliano está nessa sobrevivência do homem à privação de seu passado, nessa eternidade de início sem objeto, que emprega todas as suas forças para reconquistar seu lugar temporal. Ao homem desprovido de História, por algum monstruoso apagamento, não resta mais que sua essência, não resta mais que sua eternidade. Esse cataclismo inominado que dá partida ao romance, essa Origem que priva o homem cayroliano de seu passado e o reduz, primeiramente, à voz de uma confidência sem rosto, faz, portanto, parte da eternidade do homem. Em Cayrol, a abolição do passado nada tem de amnésia contingente, consecutiva a algum golpe pessoal da sorte. A voz eleva-se isenta de qualquer lembrança, não para dar testemunho do acontecimento que inicia sua existência anônima, mas para confrontar uma essência humana com a reconquista de uma História. Se supusermos que o acontecimento de ruptura são os campos de concentração[3] – de que o narrador, aliás, fala incidentalmente e sem estabelecer uma relação precisa entre eles e sua própria cronologia, o que é um modo provável de não fazer deles o começo *nomeado* de sua nova História –, compreenderemos tudo o que separa o lazarismo de Cayrol do de Rousset, por exemplo. O Evento inicial é tênue como um ponto, recusa-se a determinar o que se lhe segue, não é o eixo de dois passados diferentes, mas contíguos, ligados por uma História. É uma falha na História de um homem, de tal modo que esse homem nasça de novo no mundo apenas com sua qualidade de homem, obscura e no entanto inelutável. A fragilidade inicial do homem cayroliano é provavelmente histórica, é fruto de uma História; mas a História e seu produto, por sua vez, não passam de atributos: pode-se tirar tudo do Homem, até seu passado, sempre e ainda fica o Homem.

A privação do passado é, portanto, um tema capital da obra de Cayrol, mas é um tema ambíguo, pois

3. *Lazare parmi nous* leva a crer nisso.

aqui, como em toda mitologia cristã, miséria e dignidade sobrepõem-se consubstancialmente. O homem sem passado, primeiro sem família, depois munido de uma falsa família, sem situação civil garantida (perdeu a metade da carteira de identidade e no fim dispõe de um nome desagradável que nem será o seu), esse homem não é glorioso, é miserável, porque só pode ligar-se ao mundo dos homens e dos objetos por laços superficiais, como se o silêncio de sua própria História o impedisse de penetrar numa ordem, numa ligação, num conjunto de relações significativas, mas, ao contrário, mergulhasse tudo o que ele toca, tudo o que ele vê, tudo o que ele tenta abraçar, numa imperfeição de natureza, numa solidão silenciosa e dilacerante. "Tudo é ainda indefinível, sujo, sem passado", diz em certo momento Armand. O não-passado é aqui a figura do mal, é uma espécie de signo negativo que estraga e degrada os objetos e os homens, escuridão que se opõe à claridade da História e provoca como que uma contaminação geral, um aborto fatal da matéria. À astenia primeira do homem cayroliano corresponde uma espécie de amnésia penosa das paisagens nas quais esse homem não pode penetrar. A existência do "*eu*", na primeira narrativa – e, evidentemente, cada vez menos nas seguintes –, é feita da mesma massa de um anonimato sem ligação anterior alguma; o presente é aqui imperioso, é a única substância da vida, o homem conjuga-se inteiramente no presente, e os objetos ou os homens-lembranças que vêm do passado atravessam esse presente espesso e fechado, como signos fugazes, separados, mal identificados (apenas um prenome) e desprovidos de qualquer passado sólido. É significativo que as duas primeiras narrativas sejam escritas no presente, e a última, no passado. A vida do homem cayroliano encontra-se, assim, obstruída na origem por um bloco de tempo absoluto: o tempo biográfico desse homem não é reversível de maneira alguma – ou seja, por nenhum artifício – para aquém do primeiro verbo do romance; o passado é condicional, depende de uma reconquista progressiva. E o presente corresponde ao estado mais fraco do homem cayroliano, uma vez que ele só pode – como se verá mais tarde – travar relações superficiais com os homens e os objetos de sua vida. A privação do passado está ligada àquilo que se poderia chamar impotência para apropriar-se. O homem não penetra no coração dos objetos, assim como não remonta ao longo de seu passado; ele parte de uma espécie de estado zero que abarca, simultaneamente, o tempo e o espaço – o que lhe dá, a cada vez que surge um objeto ou uma lembrança, aquela atenção minuciosa, contudo desapegada, aquela demorada palpação do material, tão alheia aos verdadeiros proprietários. Por isso, os primeiros atos de apropriação, aplicados inicialmente com uma dileção inaudita pelos objetos mais humildes, tais como uma guimba ou uma faca, são gestos cuja importância inunda o ser inteiro, espécies de revelações que têm a plenitude e a profundidade de um rito, ou seja, de uma primeira ligação com algo que não seja o próprio eu; e a posse do amor, o apropriar-se do amor, que no fundo é o fim mesmo do romance, é preparada por uma longa e ardente contemplação desse amor que vive fora dele, como do outro lado de uma vidraça, ou seja, a partir de uma superfície. Propriedade, identidade e memória progridem juntas. A privação do passado só pode ser reparada por uma transcendência – da qual o autor não fala, mas dá a entender como provável – ou por uma implantação progressiva na História dos outros homens. É certo que, para Cayrol, as duas escolhas não se opõem, mas coincidem, sendo a caridade para ele o coroamento – poderíamos dizer o corretivo sublime – da eternidade.

Existe aí o movimento de uma dialética da inversão que, aliás, alimenta todo o cristianismo (minha força está na minha fraqueza, os primeiros serão os últimos etc.). Esse bloco inicial de presente, que coloca o homem cayroliano no mundo, como um miserável apátrida, é a condição *ab absurdo* de um nascimento; encerra, com a liberdade de uma redenção ou de uma integração, em todo caso de uma História por vir, a possibilidade e o poder do Romance. A passagem do *eu* ao *ele*, do presente ao passado, do anonimato à identidade, da narrativa ao romance, tudo indica um frêmito progressivo da duração, uma transfiguração surda da condição humana. Já dissemos como esse devir se situa aquém do otimismo. O homem cayroliano, por mais essencial, por mais eterno que seja, não é objeto de algum humanismo. O romance, ou seja, o ato literário, capta-o num estado terrestre bem anterior ao estado em que ele em geral é tomado pela literatura clássica; esta se interessa por um homem socializado pelo seu passado, homem que ela vê funcionar no conflito de suas paixões. O homem cayroliano apresenta-se ao mundo provido de uma essência, munido de sua qualidade inalienável de criatura, mas privado de passado e de propriedade, envolvido numa solidão que o mantém alheio não só a outrem, mas também às dimensões constitutivas da existência, ao tempo e à memória. Trata-se de uma zona pré-histórica, pré-romanesca, que Cayrol transformou no próprio objeto de seu romance. A literatura corrente toma o homem bem depois do ponto em que Cayrol o deixou, quando o homem já não sente dificuldade alguma para situar-se no espaço ou no seu passado, quando é dono das coisas, indiferente a elas, quando está totalmente ocupado por suas relações *humanas*. Ao contrário, a posição do homem cayroliano é antecedente à psicologia e à sociologia; não as exclui, precede-as. Cayrol atua numa zona primeira da História humana, anterior a qualquer contrato social, mas já abarcada, como que por toda a eternidade, pela ordem imperiosa da caridade. O homem cayroliano é captado bem longe, atrás de sua História, num estado infinitamente mais original que seu nascimento terrestre, e conduzido às portas de um Tempo que pode enfim começar a caminhar, ao longo do Tempo de outrem.

* * *

Objetos e espaço – Ao reino inicial do Presente corresponde um mundo inteiramente constituído pelo espaço, ou seja, cheio de objetos. Os objetos são aqui a primeira e única sociologia. No início, o homem cayroliano só existe em face deles. Esses objetos de Cayrol são coisas fabricadas e de uso comezinho: uma faca, um cigarro, um sanduíche, um sapato, um paletó, legumes, balas, um ovo duro, baunilha, uma maçã, acessórios úteis e cotidianos, atributos de uma sociedade já totalmente formada, munida naturalmente de uma tecnologia. A sociedade, porém, é silenciada, abolida por uma preterição voluntária, e o homem encontra-se face a face com esses objetos, que ele olha, segue, palpa, esgota sem poder ainda avistar mais longe o infinito social que os produz, consome e troca. Um homem sem passado e sem ninguém, desprovido de história e de meio humano, está ligado ao mundo apenas por esses objetos saídos das mãos dos outros homens: esse é o dado inicial do romance cayroliano. Mas ainda seria excessivo dizer que esse homem tem um conhecimento poético dos objetos que percorre: a atitude capital da poesia consiste em desnudar a inteligibilidade das coisas em favor de sua opacidade essencial, fazer aparecer a substância sob o conceito. Em tal objeto, abstraído de sua matéria pelo hábito de um uso, o poeta mostrará um elemento fundamental; seu olhar atravessará a aparência funcional do objeto para fazer saltar a unidade do material; dureza, escuridão, maciez, leveza, luz etc. A poesia implica portanto – sejam quais forem seus caminhos – um movimento de penetração; ela destrói a função do objeto e o institui em sua verdadeira carne; ela é induzida por um movimento de conquista, não de uso, nem de contemplação. O homem cayroliano, ao contrário – "prosaico" –, apresenta-se num estado bem anterior ao da poesia; no começo, ele é frágil demais para ver, nos objetos que o premem e delimitam seu espaço, a sustentação de uma ordem interna, um lugar e um sentido oculto e, por conseguinte, a certeza de uma posse. Os objetos de Cayrol não dispõem de nenhuma profundidade; não têm planos, não têm segredo; são planos, sua essência está na superfície; o olhar os segue, mas não os vara; a descrição – precisamente lenta e meticulosa – não os desnuda, não conquista; roça-os, não empreende um reconhecimento interior do material, não atenta de maneira intempestiva contra a estrutura de uso do objeto, sua natureza consumível. Pouco importa a essência do objeto; o que maravilha o homem cayroliano é a natureza familiar desse objeto, sua proximidade, sua disponibilidade; o objeto se oferece, é portanto o primeiro signo de uma caridade. Há assim, em Cayrol, uma espécie de franciscanismo do objeto, não que o homem cayroliano seja ainda bastante forte, bastante intelectual, pode-se dizer, para introduzir uma ordem divina nos objetos terrestres, mas porque esses objetos, humildes, disponíveis, consumíveis, familiares, são testemunho de uma criação, de uma presença, e através de todas as suas superfícies reunidas desenham-se os lineamentos de uma sociologia, uma proximidade, um lado a lado e uma cumplicidade humana. Os objetos cayrolianos não são de modo algum personalizados, contudo deles emana uma espécie de afetividade particular; portam um calor, constituem um refúgio, assim como uma grande cidade reconforta o homem amedrontado. Eles são, portanto – e principalmente nas duas primeiras narrativas, em que o homem cayroliano ainda não se juntou a uma sociedade humana verdadeira –, são uma primeira sociedade e, com eles, o homem pode travar todas as relações preliminares à posse; pode descrevê-los, sopesá-los, palpá-los, esgotá-los e fundar neles a frágil e única História que lhe é permitida nesse começo de romance. Por isso, o meio de abordagem desses objetos cayrolianos é essencialmente a descrição. Sabe-se como esse recurso se enriqueceu com a difusão das diferentes fenomenologias nas artes do discurso, romance ou poesia. A relação homem-objeto é aqui inteiramente constituída pela descrição. O objeto é reduzido a um ato de descrição, não de apreensão; dissemos acima que a poesia – moderna – não descreve, mas penetra e tenta conquistar a essência do objeto na ponta de uma palavra. De maneira oposta, a descrição cayroliana rodeia o objeto, esgota todos os seus planos, todas as suas superfícies, e só as ultrapassa depois que o objeto foi inteiramente recoberto pelo olhar.

O paletó novo, por exemplo, torna-se um objeto total, e todos os seus modos possíveis são meticulosamente descritos por seu proprietário; e cada modo expande todas as suas qualidades, todo o seu potencial de ser, de maneira que o objeto multiplica os laços com os quais amarra o homem à vida: o paletó é novo, e essa novidade se desdobra em figuras de força, benevolência e segurança; pode ser usado aberto e fechado; isto terá tais conseqüências, aquilo, outras; foi comprado em tais condições, provoca tais reações, tal aversão etc. O objeto torna-se, assim, um tema inteiramente esgotado, de que não resta nada mais para dizer. Essas descrições exaustivas detêm-se naturalmente na superfície, nas diversas funções do objeto. Esse andamento lento e escrupuloso, esse roçar atento e quase ingênuo (mas feito com uma *arte* extremamente brilhante) correspondem à astenia primeira do homem cayroliano, cujo esforço integral consiste em reconstruir um espaço povoado de funções, de ligações, de relações, homem que edifica assim sua História pouco a pouco, acrescentando minuciosamente elos concretos, lançando por onde pode âncoras de matéria, confirmando sua existência pelo uso claro e já histórico que ele é chamado a fazer delas. Essa minúcia é, portanto, penhor de uma segurança, e as descrições de Cayrol são como monografias que esgotam a aparência e a função do objeto. Há uma face Chardin na arte de Cayrol, ou seja, a familiaridade explícita dos objetos pode ser, em certas condições, a figura da felicidade. Mas, aqui, o homem vê muito bem os objetos, porque seu olhar ainda não pode acomodar-se precisa e privadamente sobre os homens; quando o homem cayroliano se apropriar do amor, os objetos desaparecerão sob sua simples qualidade de signos usuais e mortos; já não existirão no romance, o espaço será eliminado febrilmente; reconquistado o Tempo, o homem cayroliano já não precisará deter-se nos simples objetos.

É fácil aquilatar como essa abordagem dos objetos se opõe à arte clássica[4]. Pensemos num grande romance do século XVIII, *As relações perigosas*, por exemplo, e não veremos nenhum objeto: as personagens circulam num espaço sem matéria; para elas, o mundo se reduz a uma estrutura de relações, seu olhar sempre pousa apenas sobre significações; parece que esse olhar não é suficientemente curto para atingir objetos; ele se acomoda ao infinito; os objetos estão normalmente num campo imediato demais para contar, para reter. Nessa arte clássica – a de Lamartine ou de Corot – tudo é feito para afastar o homem da luta direta com o espaço, para interpor, entre o homem e seu meio, um atraso salutar durante o qual o espaço se constrói, a matéria se afasta e perde o caráter insólito e incômodo dos ob-

4. Está bem evidente que a pintura clássica não ignora nada dos objetos. No entanto, mesmo quando não fazem parte de uma Natureza agreste, monumental ou marinha (é o caso de Chardin, por exemplo), esses objetos usuais são essencialmente submetidos a uma lei de composição. Ora, a composição implica um afastamento, uma supressão do espaço real e ameaçador, em favor de uma distância idealmente humana. É o contrário do espaço moderno (Kafka ou Cayrol), no qual os objetos são erigidos ao nível do homem. Os objetos cayrolianos são ambíguos; sua familiaridade brilha o tempo todo para convencer da felicidade; mas eles fazem parte de um espaço anormal, estão próximos demais do homem para não conterem algum terror. Chardin continua historicamente com um triunfo feliz do homem sobre a Natureza, com o recenseamento enciclopédico dos objetos. Cayrol não alforria os objetos da presença do Mal, ele conduz a uma teogenia.

jetos desprovidos de afastamento. Na forma das operações necessárias àquilo que se chamava então justamente composição, o Tempo intervém para preparar essa distância ideal de que depende a humanidade do espetáculo; o homem é então excluído do espaço, enquanto este não é construído; diante da paisagem clássica – poética, romanesca ou pictórica –, o homem é mantido cego até que, postos finalmente os planos, manifestadas as relações e escondida a matéria atrás de uma ordem, o espaço apareça em último lugar, como uma espécie de Tempo congelado. O homem clássico contempla o espaço, não se aventura nele. A paisagem rural romântica, com exceção de certas notas revolucionárias de Rousseau, nunca é o acompanhamento de um caminhar, mas quase sempre o ponto de vista de um estar. O que se chama Natureza, no complexo clássico-romântico, é acima de tudo um espetáculo, não é um ambiente. Nele, o homem toma lugar pelo movimento dos olhos, não pelo dos músculos; os tumultos dessa Natureza o impressionam, mas não o desorganizam. O homem romântico não perde a serenidade ao admitir a tormenta e a tempestade no conjunto dos objetos naturais; são fenômenos fronteiriços, a problemática do homem mergulhado *no* espaço é inteiramente mascarada. A espessura do espaço em relação ao homem é, pois, uma excelente medida da modernidade. Em oposição a um Poussin, há, por exemplo, *A metamorfose*[5] de Kafka, em que o homem transformado em inseto sofre a terrível experiência de um espaço imediato. Já dissemos – acima – que o espaço de Cayrol é de início feliz porque, como o homem nele está só, os objetos têm a forma necessária de uma familiaridade. Esse espaço cayroliano é, porém, terrível, pois o homem participa diretamente, com toda a superfície de seu corpo, da sua pressão, do seu movimento. Há três temas cayrolianos que atestam a situação completamente nova do homem moderno mergulhado no espaço: a Caminhada, a Cidade e a Noite. A Cidade, mito moderno, introduz na arte do espaço uma dimensão desconhecida pelas representações clássicas: o movimento, mas não o movimento do espetáculo, e sim o do corpo humano. Já não há espetáculo, há ultrapassagem de objetos finitos, numeráveis, e o espaço está então ligado ao tempo muscular do passeador aventureiro. Dizer que um quadro tem movimento – noção habitualmente reservada aos espetáculos clássico-românticos – é reconhecer que ele é feito de linhas que se organizam diante de um homem fixo, seu ponto de referência imóvel e crítico. Mesmo quando se desloca, não se acha que o homem clássico está se mexendo, é

5. Trad. bras., São Paulo, Companhia das Letras, 2ª ed., 2000. (N. da T.)

o espetáculo que vem até ele, que o alcança e o ultrapassa; sua cenestesia é óptica, não é muscular. Ao contrário, um homem urbano, como o herói de Cayrol, anda de verdade e empenha todo o seu corpo na interminável aventura do movimento; para ele, o espaço não é apenas uma propriedade estática do olho; é o ritmo de um tempo, cada passo é o ato de apropriar-se de um objeto diferente, e cada momento dessa caminhada representa um mergulho total na dura matéria urbana, repartida numa multidão de objetos próximos, contíguos, sem intervalo nem afastamento. Aqui, o espaço é prolongado, entulhado de substâncias, de formas imediatas, às quais o homem é diretamente associado por seu próprio movimento, que as ultrapassa, à custa de suas próprias forças. Relacionados assim com a caminhada, os objetos não se apresentam ao homem cayroliano na ordem secundária de sua utilidade, neste ou naquele momento do romance. A única ordem que os interliga é a de um passar em revista, o homem percorre-os, pega-os, ultrapassa-os como elementos de um catálogo. É útil lembrar, a propósito, que o Catálogo era um dos principais procedimentos da epopéia antiga, retomado por Hugo em seus romances, por exemplo. A enumeração massacrante e esplêndida dos navios de uma frota bárbara, ou dos combatentes de um exército, evidentemente visava a impor a ordem do número em substituição à ordem da hierarquia. Em Cayrol também há um trágico, em todo caso um pensamento profundo da realidade como número, ou seja, do mundo como algo preenchido – literalmente – por objetos contíguos, por sua vez cheios, sem ordem que os adelgace ou simbolize. Pois a partir do momento em que um autor estende o braço em direção a um objeto, não mais por reflexo, mas por intenção, em que ele permite que o espaço saia de sua distância ideal, em que esse espaço já não está diante do homem, reunido sob a paz de seu olhar, mas em torno dele e contra ele, em que a espacialidade deixa de ser um encadeamento de profundidades para tornar-se uma justaposição inquietante de superfícies, toda a ordem tradicional é ameaçada, há crise de humanismo, e o homem deve empreender a aprendizagem de um novo estar. Aliás, o tema da Cidade em Cayrol – e em outros autores modernos também, claro – está associado ao tema da Noite, como se a Cidade só revestisse as características completas de seu próprio conceito com a cegueira, com a abolição da extensão visual, como se a Cidade só se revelasse realmente – no sentido químico da palavra – na Noite, de modo que somos obrigados a reconhecer, no espaço urbano, uma natureza propriamente carnal, muscular. Enterrado na rua e na noite, o homem cayroliano supre a visão com uma espécie de apreensão paróptica dos espaços através dos quais caminha; saídos da área distante das relações, inseridos na sua sombra, ou seja, no seu tamanho, os objetos são agora substâncias duras e fixas com as quais é preciso medir-se diretamente; põe-se de novo, como no tempo das mitologias primitivas, um problema de familiaridade entre o homem e a matéria. Pode-se lembrar, aqui, que também era próprio da tragédia antiga objetivar o homem e subjetivar a matéria. O véu que asfixiou Agamêmnon não era, para o poeta, muito mais que o próprio Agamêmnon?

* * *

Sociologia – Esse caráter objetivo do universo cayroliano (Littré nos diz que objetivo é o que está voltado para a observação dos objetos) marca os próprios homens que o romance descobre. No fundo, os homens nada mais são que objetos: têm sua natureza lisa e cruel, familiar e insólita; são os momentos de uma caminhada, o homem cayroliano percorre-os, roça-os, mas não os estreita. Para ele, a posse é um movimento inicialmente impossível, só lhe é dada a superfície dos seres e das coisas; ele só pode andar, nunca mergulhar. A primeira narrativa (*On vous parle*) dá assim, misturados a outros objetos, alguns "tipos", surgidos por acaso da sombra, sem que esses encontros provoquem espanto. Esses homens-objetos, reduzidos civilmente a um prenome, também estão submetidos a uma espécie de descrição exaustiva, ficando bem claro que o passado deles não tem espessura e que eles existem por traços de importância debilmente histórica. Esses "tipos", que oferecem um conjunto particular de caracteres, sem contudo se ligarem à fabulação do romance, ocupam assim uma espécie de pequenos quadros, cuja função é precisamente retirar esses homens da duração do narrador e dispô-los na revista dos objetos, ao longo de um espaço. Na – pequena – medida em que emergem de uma sociedade, numa espécie de tom de *humour*, eles são ainda mais objetivados que os objetos, pois a superfície que oferecem não é o revestimento de uma psicologia interna que tivesse apenas uma pequena parte em contato com os outros e com o narrador; aqui também, o *tipo* descrito parece esgotar toda a significação de outrem; é um mecanismo estranho e deplorável, que nem sequer se liga ao olhar, como os objetos, por um movimento de apropriação. O homem cayroliano encontra o reflexo da sua dileção por descrever todos os elos de uso que o unem a este ou àquele objeto – sua faca, seu paletó ou seu cigarro – nos primeiros homens que conhece: descrevê-los é um modo de aproximar-se deles, de se estender em sua direção; mas esses signos de uma humanidade esparsa que passa em retalhos, como num sonho preciso mas cortado, continuam estranhos a um narrador ao mesmo tempo atento e desapegado, como alguém que não está engajado nos pequenos mitos pessoais de outrem. O indivíduo que é proprietário de um passado por demais preciso não pode ser assimilado pelo primeiro universo cayroliano: Gérard, por exemplo, com *sua* farda, *sua* guerra, *sua* Indochina, *suas* lembranças, está excluído dele, o narrador lhe é hostil. Os homens e os objetos da primeira narrativa formam, assim, um mundo mais ou menos homogêneo, do qual se vai depreender aos poucos a promessa de uma humanidade. Ao inverso daquelas belas lendas antigas em que seres humanos acabam transformados em árvores e rochedos, mas a exemplo daquela outra em que de objetos nascem soldados, o homem cayroliano vai progressivamente definir num mundo inicialmente plano, em que o passar-em-revista é o único modo de apreensão, figuras mais estáveis, esboço de relações, linhas de uma História possível e mesmo – descoberta que inunda como o desvendamento de uma Criação desconhecida – o sofrimento de um amor nomeado e inalienável. A primeira narrativa está como que enviscada numa espécie de existência primária, ao mesmo tempo parasita e solitária, desprovida de uma sociedade precisa, mas obsedada por ela, impotente para assumir lugares outros que não os mais anônimos e secretos, o fundo de um quarto de hotel, um cinema, uma rua sem nome e sem cidade. O segundo romance opera uma verdadeira ascensão da sociologia: a cidade ganha precisão, é certamente um porto, há uma grande estação, bairros, comerciantes, pequenos ofícios, há cenas miúdas de uma vida mais bem montada, uma sociedade ainda muito humilde semeada de sombras, buracos, mistérios, rupturas, contudo já aberta para a caridade, submetida a uma força de coesão, como no admirável episódio que se poderia chamar de O Aquecimento dos Pretos.

Já dissemos que os objetos cayrolianos são testemunho de uma espécie de drama da propriedade, visto que o narrador sempre tenta instituir, entre ele e as coisas, uma relação de amor e familiaridade. Por motivos mais fortes, os homens incidem nessa exigência, e é nesse nível da sociologia que cumpre procurar a problemática do romance cayroliano. Qual é ela? – É uma problemática da alienação. Trata-se de encadear-se aos homens com elos outros que não os da atenção, trata-se de deter a caminhada e a revista geral dos objetos em favor de um ato finalmente particular, trata-se de repatriar um homem fraco, estrangeiro – que não tem identidade nem mesmo no coração – numa humanidade solidamente tecida de relações inalienáveis. O título genérico das duas primeiras narrativas, *Je vivrai l'amour des autres*, contém uma ambigüidade que é a mesma do romance: toda uma parte da obra versa sobre um amor por procuração, uma vez que o narrador vive o amor de um casal adverso. Nesse momento, o amor dos outros aparece como um tecido de relações fechadas para a experiência do homem cayroliano, coisa que ele só pode seguir com o olhar, um ladear extraordinariamente atento, mas – infelizmente – desapegado: aqui o amor dos outros é um álibi próximo e inacessível, uma Terra Prometida só alcançada no futuro, mas que, por isso mesmo, se desvenda em sua plenitude. (Moisés por acaso não tinha o olhar da síntese para a terra de Canaã?) Mas o amor dos outros é também a designação de uma ordem geral de caridade de que nem um só homem está excluído, nem mesmo o homem cayroliano. Parece que a essa ambigüidade voluntária dos termos, cuja abertura progressiva e misteriosa constitui toda a duração do romance, correspondem os dois amores sucessivos do herói, o amor de Lucette e o de Francine. Essas duas mulheres são as próprias figuras da escolha e, se assim se pode dizer, da dialética cayroliana; a primeira, Lucette, pertence de início ao mais prestigioso dos espetáculos, ao Casal, que ela forma com Albert, amigo do Narrador; é o momento em que o homem cayroliano já abandonou a indeterminação de um mundo puramente objetivo para aproximar-se de uma História sentimental; dos seres e dos objetos alinhados sem elo, no anonimato da primeira narrativa, surgiu um meio humano: uma cidade, uma estação, uma pensão, alguns freqüentadores, um casal, o próprio espetáculo – se não ainda a posse – de uma História formada. O Casal é, portanto, o primeiro grau dessa sociologia cayroliana, dessa ascensão da caridade que ocupa – como já dissemos – toda a progressão dos títulos, da duração e das formas do romance. A atenção extraordinária, desvairada, que o homem cayroliano dá ao casal adverso – vimos que no início esse homem é apenas capaz de olhar e não de estreitar – é, portanto, o primeiro passo de um ato progressivo de apropriação. Lucette, forma vulgar e carnal, desde que haja uma psicologia de Lucette, é o momento necessário de uma iniciação; ela permite que o Narrador ultrapasse as figuras mais usuais da sociedade humana, o ciúme, a posse e mesmo uma espécie de estado conjugal, atos ridiculamente fáceis para homens armados, mas verdadeiras conquistas para o homem cayroliano, situado por definição numa conjuntura inicial longinquamente recuada em relação a uma História. Isso explica por que o primeiro movimento de ciúme sentido pelo homem cayroliano é saudado como alegria – é de fato a verdadeira aurora de uma sociologia, o fim de um regime de empréstimo em que o amor só era vivido por procuração, e essa primeira mordida do ciúme é como um parto do homem. Todo o romance de Cayrol tende a mostrar que há uma ordem de existências – talvez as que sobreviveram aos campos de concentração – em que o poder de assumir um sofrimento humano, formado em nossa própria história pessoal, constitui um estado pesado e rico da humanidade, um triunfo muito elaborado, aquém do qual existiram tempos de incrível pobreza. Precedida por esses tempos, Lucette já representa – por mais tardia ou precariamente que pertença ao narrador – uma densidade de vida surpreendente; e se ela vem morrer sob o olhar de Armand, confrontada com a outra mulher do Romance, é porque se transmite e se depura nessa segunda Forma, porque é consagrada como o momento necessário de uma dialética e participa do desvendamento progressivo de uma Natureza. Em conformidade com a sabedoria poética de tantos mitos e de tantas filosofias, de uma forma grosseira que morre eleva-se uma forma mais pura e mais significativa, o fogo nasce das cinzas. Essa é Francine, figura de uma ordem espiritual misteriosa, que parece tomada por uma incessante força de distanciamento e transcendência. Francine representa sem dúvida uma iniciação espiritual; mas, como toda iniciação, ela é um movimento, não um dogma, uma forma, não um conteúdo. Muito próxima, no fundo, da *Pistis Sophia* das tradições gnósticas e românticas, vivenciando até, em certo momento, uma experiência teosófica – aliás, perfidamente frustrada –, Francine é acima de tudo o possível e o além do amor; através de uma família e de uma memória falaciosas, ela conduz o homem cayroliano para uma espiritualidade não expressa, de que se sabe apenas que é chamada a superar o Mal; ela parece ter sido designada fora do tempo para essa missão; a partir do instante em que a vê, o narrador apega-se a ela sem espanto e sem medo, num verdadeiro ato de reconhecimento e familiaridade profunda; por isso, não tem cabimento que esse amor se realize romanescamente; a necessidade de Francine é fazer o homem transitar para uma nova compreensão do universo. Lucette puxava o narrador para fora dos objetos e lhe impunha seu primeiro ato de posse, instituindo em torno dele uma sociologia grosseira, mas normal: uma identidade, rendas, prazeres, um amor mais ou menos conjugal e, finalmente, uma família; Francine, por sua vez, desprende esse mesmo homem daquele mundo recentemente conquistado, mas ilusório, afetado pela vaidade, e o conduz para os primeiros raios de uma transcendência que não é nomeada antes que o romance termine; pois o que o homem cayroliano encontra se define a partir daquilo que ele deixa: não se trata de uma apologia, mas de um romance, portanto, como já dissemos, de uma duração.

Essa figura de Francine, desenvolvida ao longo de toda a terceira narrativa (*Le Feu qui prend*), confere sentido à experiência sociológica que se realiza paralelamente. A sociedade histórica constituída em torno do narrador é desacreditada, ao mesmo tempo que um além do humano se afirma na figura da jovem. Mas esse termo espiritual não é contingente à sociedade que ele corrige; é-lhe transcendente. A posição de Cayrol é aqui oposta à de Camus, por exemplo; para Camus, o absurdo, a crueldade, a imperfeição do grupo humano podem ser compensados por um recurso do homem a si mesmo, a ordem da felicidade existe, triunfa, mas desde que permaneça contingente à desordem humana; por exemplo, de um mal coletivo pode nascer uma solidariedade coletiva; para o homem, não há álibi nem exílio fora da humanidade; a humanidade é, ao mesmo tempo, prisão e felicidade. Para Cayrol, ao contrário, o grupo humano é animado por uma força de apodrecimento; seus elos são terrestremente ilusórios; o homem tem uma louca necessidade de amor, mas a resposta da História é insuficiente; a família de Armand, seus amigos, seus encontros, tudo aborta, se dissolve, se degrada ou perde a força; as ocasiões que constroem o grupo e instituem uma sociologia aparente são desprovidas de verdade e de duração; o que para Camus seria ato de solidariedade, para Cayrol não passa, cruelmente, de uma compaixão geral que desmorona tão logo seja ameaçada de durar (episódio do gato). A comunidade de Camus é plenamente histórica, cerrada, suficiente; a de Cayrol sempre tende para o anonimato, a dispersão, a incompletude; cada relação nomeada é um malogro, só o inefável é denso, tudo não passa de anunciação. Se o último romance de Cayrol é como um fogo que pega, é porque para ele a ordem da caridade é realmente consubstancial com as solidões humanas, é que essa ordem cresce e se abre à proporção que a História se esvaece e os nomes são abolidos. A sociologia era o termo marcado para o primeiro narrador; como era grande a distância que o separava de fazer parte de um casal ou de uma família! No entanto, tão logo atingida, aquela sociologia é ultrapassada; tão logo adensada, a ordem da História raleia de novo, um além institui-se e reflete-se. O Romance termina no momento em que a dialética cayroliana só pode desembocar numa teologia; a opção não é indicada, mas é a própria duração do romance que responde, pois ela é vencida por uma exigência que já não tem termo humano.

Entende-se então por que essa duração e esse termo se realizam numa presença dilacerante do Mal. Os ímpetos que decaem, as alegrias que arrefecem, as caridades que abortam, os frutos que apodrecem, os medos que não explodem, todo o inacabado de uma terra que, apesar de tudo, está presa a um movimento de atenção desesperada, essa incessante dialética de dois termos não quer se satisfazer, como em Camus, com seu próprio combate; aí está a escolha do autor e certamente o ponto mais recôndito, mas também o mais vivo, de sua fé. Há, em certos episódios do romance cayroliano, um desdém evidente pelas euforias humanistas. Falamos da enumeração cayroliana dos objetos; ninguém duvida de que, em certo sentido, é uma paródia das elegias gidianas. Cayrol escreveu uma ronda do paletó ou dos sapatos furados, exatamente como há cinqüenta anos Gide escrevia a ronda da granada, mas o procedimento, em Cayrol, está marcado pelo desdém; o que ali era fervor terminal, aqui não passa de infinita fraqueza, fraqueza da natureza e da História conjugadas, pobreza econômica e solidão existencial. Assim como o romance cayroliano contém, provavelmente, uma resposta contraditória a Camus; certos episódios pavorosos, em sua própria tenuidade, tal como o assassinato coletivo do gato, são os elementos de um diálogo cheio de amargura e indignação. Há, portanto, provavelmente, uma hermenêutica do romance cayroliano, e o que se oferece do próprio Cayrol é dado como uma espécie de transe. Por isso é que esse livro da fraqueza é um livro muito armado, muito secreto, e, como todas as belas obras, muito ambíguo. É um livro diferente, porque nele o Mal nunca é um conceito, e não há, em Cayrol, uma problemática do Mal, mas uma evidência do Mal, sob a aparência das coisas.

* * *

O leitor, portanto, deve consentir uma vez mais que o Romance cayroliano seja constituído pela experiência de uma duração, não por uma mensagem. O romance vale mais do que a nota que o apresenta. Essa nota fala de um devir cristão do homem cayroliano. Ainda que a indicação fosse do próprio Cayrol, seria plausível e respeitável, claro, mas afinal secundária e de modo algum cominatória. Se a trilogia cayroliana fosse aquilo que se convém chamar de obra cristã ou paracristã, pertencente a um sincretismo piedosamente espertalhão, tão insuportável para os verdadeiros cristãos quanto para os verdadeiros ateus, teríamos o direito de dizer ao autor, que silencia nesse ponto: confesse sua fé, dê nome ao seu Deus. Ora, a obra é a narrativa de uma duração, ela pára legitimamente no momento em que o exílio do homem e a sua provável reconciliação com a terra vão receber um nome. Mas esse nome não é da ordem do Romance; o Romance tem seu léxico, que não é obrigatoriamente o léxico dos erros e das verdades da teologia. O romance cayroliano, em todo o seu alongar-se, é o nascimento de um arbitrário impossível de evitar, aqui provavelmente divino, mas ele mesmo não é esse arbitrário. A ordem da verdade – que para outros, portanto, é imediatamente a ordem do erro – só começa na última frase da obra, quando o herói considera uma felicidade possível. Pode-se ter certeza então de que, se continuasse, o Romance se reduziria fatalmente à escolha, à felicidade do próprio Cayrol, e todo o encanto seria rompido; não haveria mais que uma fábula inacreditável para um número definido de leitores. O Romance não pode dar nome, sem prejuízo, à ordem de que ele dá conta; há todo um silêncio que faz parte de sua necessidade: ele fala, conta, suspira, grita, não designa.

O Romance cayroliano não é, pois, eterno; é um momento conscientemente formado entre o anonimato de uma confidência e o arbitrário de uma teologia. Também ele, assim como o universo que carrega, é objeto de um nascimento e de um devir. Já dissemos que a forma da narrativa evolui de um monólogo no presente (*On vous parle*) para um verdadeiro romance na terceira pessoa do *passé simple* (*Le Feu qui prend*), e que essa transformação tem forte correspondência com o trajeto existencial do herói. Como o homem cayroliano segue um caminho ascendente, não é de se duvidar que o termo formal da obra, ou seja, o Romance, seja dado como uma conquista valiosa. No início, o conteúdo escrito é tão imediato quanto inerme é o homem cayroliano; ele só se elabora e assume forma acabada aos poucos, através de uma série de transfigurações que convergem para um ato preciso: a instituição da Literatura. Vimos que, na primeira narrativa – um pouco menos já na segunda e nada na terceira –, o homem cayroliano só vive pelo olhar, e que esse olhar incide sempre sobre espetáculos comezinhos, estanques, separados uns dos outros, dispostos na ordem de um passar-em-revista, de uma superfície, e não de uma profundidade. O homem, mergulhado num presente espesso, absoluto, que nem sequer é amnésia, mas realmente origem de sua condição, o homem vive unicamente segundo o modo do espaço, e o único Tempo que dá de si é essa voz irregular que é como o som descorporificado de um olhar. À medida que nascem outros homens e que se constitui uma sociedade, começa uma ordem do Tempo, e o Romance ganha forma. O nascimento do Romance tem, portanto, uma significação que abarca, ao mesmo tempo, a existência do homem cayroliano e a Literatura; assim como a História e o Amor, que também são *artes* do Tempo, ele possibilita a eclosão de uma ordem temporal, ele a significa, exprime que o homem já não está mergulhado no espaço, mas que, do interior de uma duração complexa, lançam-se forças de organização que o situam no universo inteiro e dão um sentido ao seu estar. O Romance é, portanto, nascimento de uma significação; ele é um *signo*, no sentido mais vigoroso do termo, e todos os seus artifícios são justificados como os auxiliares técnicos do ato mais humano que existe, a Literatura, pois é a apreensão do Tempo que distingue o homem da animalidade. Assim, a passagem do *eu* ao *ele*, e do presente ao *passé simple*, a formação de personagens definidas, o esboço de uma história, o advento do acontecimento (encontros, mortes, fugas, prisões etc.) na substância narrada, todos esses signos de formação do Romance têm, assim como os acidentes internos da obra, sua própria necessidade dialética. Para Cayrol, História e Romance já são realidades muito elaboradas. Antes disso, há uma zona do homem, sem Tempo e sem Romance. O Romance é portanto, aqui, um termo, uma vitória. Isso equivale a pôr a Literatura não como uma arte de expressão, nem como uma festa ou uma mensagem, mas como um ato de reconciliação. O Romance não é uma Forma exterior à elaboração de uma História humana, que sai montada da riqueza de uma tradição ou da habilidade de um autor; ele não é o paradoxo de um procedimento convencional posto a serviço de uma emoção verdadeira; ele é, em si, o objeto de uma escolha, o termo de uma longa conquista, é um ato, e esse ato se inscreve no número de todos os gestos pelos quais o homem depreende, de sua existência, um destino. Se esse destino, se essa conduta da vida é a procura de uma ordem da caridade, o próprio Romance, em sua convenção e no momento em que termina, nada mais é que um ato de ternura humana. Aqui a Literatura é uma via da sociabilidade – ou da caridade, como se quiser –, pois sua elaboração não difere do Tempo de que ela dá conta; a criação do destino e a criação do romance são o único e mesmo movimento de um homem que quer ternamente colocar sua própria duração ao longo do Tempo geral de outrem.

ESPRIT
março de 1952

O ESTRANGEIRO, ROMANCE SOLAR

O estrangeiro é certamente o primeiro romance clássico do pós-guerra (digo primeiro não só em data, mas em qualidade!). Publicado em 1942, lido por todo o mundo nos tempos que se seguiram à Libertação, esse pequeno romance logo depois deu glória a Albert Camus; todos se apegaram a ele como a uma dessas obras perfeitas e significativas que surgem em certas fases de transição da história, para marcar uma ruptura e resumir uma sensibilidade nova. Ninguém protestou, todos foram conquistados, apaixonaram-se quase. A publicação de *O estrangeiro* foi um fato social, e seu sucesso teve tanta consistência sociológica quanto a invenção da pilha elétrica ou a das revistas de amor.

O livro parecia então, talvez mais que agora, sustentar uma filosofia nova, a filosofia do absurdo. É o momento em que o mito da consciência desterrada "pega", solidifica-se, passa da pluma dos precursores ao consumo do grande público intelectual; Kierkegaard, o existencialismo alemão, Kafka, os romancistas americanos, Sartre, toda uma constelação de pensadores ou de criadores, de origens e épocas diversas, reúne-se de roldão na consciência do público, para nela definir um mito novo da liberdade: o homem desprovido de álibis; apartado, por sua lucidez, dos refúgios anteriores (Deus, Razão), lançado sem querer numa solidão tão grande que até então ele não pudera olhar de frente, passa a conhecer – a ponto de atingir a tragicidade –, a sua união indissolúvel com um mundo que ele não entende.

Quando foi publicado, *O estrangeiro* constituiu uma espécie de síntese de todos esses temas: seu herói, Meursault, situado na cotidianidade mais medíocre, a do pequeno assalariado, não sente revolta por isso; aceita as obrigações sem reclamar e realiza todos os atos aparentes do conformismo social; cumpre até mesmo os ritos dos grandes sentimentos, a posição de filho, de amigo. Mas todo esse gestual da passividade é assumido por Meursault numa espécie de transe, que é o estado de indiferença fundamental às *razões* do mundo.

Por exemplo, Meursault enterra a mãe, mas a cada gesto convencional que realiza, deixa à mostra a fissura do ritual, concorda com a cena, mas não com o álibi moral que todos querem atribuir-lhe. E é precisamente o que a sociedade não lhe perdoa: Meursault revoltado teria sido combatido, admitido, pela sociedade; Meursault opaco é o mundo questionado, e a sociedade só pode rejeitá-lo com o mais vivo horror, como um objeto contaminado por sua própria alteridade, como a excrescência intolerável de um mundo que só se suporta em família e que se sente ameaçado de deteriorar-se ao menor olhar de estranheza que pouse sobre ele.

Aquilo a que Mersault põe fim, portanto, com seu olhar, é uma condescendência; seu silêncio sobre as *boas razões* do mundo é puro a ponto de excluí-lo da cumplicidade e de deixar diante dele o mundo a descoberto: o mundo torna-se objeto de um olhar, e é isso que o mundo não pode tolerar: Meursault se tornará, portanto, um assassino, e o processo que lhe será movido decorrerá menos de um ato que de um olhar: o que se condena em Meursault é o *voyeur*, não o criminoso. Percebe-se como essa promoção completamente nova do homem – pois é afastamento do Olhar, e não revolta do Gesto ou da Palavra, como na mitologia nietszchiana ou revolucionária – pode ter parecido harmonizar-se com os grandes temas da filosofia nova: aqui como lá, o homem não abandona a sociedade por Deus, nem Deus pelo Mal, nem nenhum dos dois por uma utopia: o homem continua indissoluvelmente ligado a um mundo no qual, entretanto, está absolutamente só.

Naturalmente, para esse tema novo era preciso uma narrativa nova. Como a singularidade de Meursault está na divergência entre seus gestos e seus olhares, o ato é promovido à categoria de unidade fundamental do tempo romanesco, e não mais as *razões* do ato, como na psicologia do romance tradicional. Meursault não é propriamente ator, nem moralista: não discorre sobre o que faz; faz os gestos de todo o mundo, mas esses gestos são desprovidos de razões, de álibis, de tal modo que a própria brevidade do ato, sua *opacidade*, é o que mostra a solidão de Meursault. O que Camus nos propõe já não é um ato com ecos, um ato totalmente enviscado no estrato das causas, das justificações, das conseqüências e das durações; é um ato puro, inconseqüente, separado de seus vizinhos, suficientemente sólido para manifestar uma submissão ao absurdo do mundo e suficientemente breve para fazer explodir a recusa a comprometer-se com ilusórias justificações desse absurdo.

Há dez anos, a atualidade de *O estrangeiro* era espantosa. Hoje, esse livrinho – moldado num formato de que os franceses gostam muito: romance denso e pequeno como uma jóia (*La Princesse de Clèves*[1], *Adolphe*) – ainda mantém intacta sua pujança. Sem dúvida o caminho traçado por Camus foi palmilhado por muitos desde então; desenvolveu-se toda uma literatura "lazariana", segundo a expressão justa de Jean Cayrol, que dá ao homem, crente ou não, a inocência, a sabedoria e a solidão de um ressuscitado. No entanto, *O estrangeiro* ainda mantém seu frescor, e o brilho desse livro vai além das modas que possam ter acompanhado seu aparecimento.

Eu a estava relendo estes dias, impressionado com o fato de Péguy ter usado um termo laudatório para falar de seu "envelhecimento": a obra envelhece bem, amadurece, segue o tempo e põe à mostra, pouco a pouco, poderes ocultos. Há dez anos, absorvido como muitas outras pessoas pela tese do momento, via principalmente seu admirável silêncio, que a igualava às grandes obras clássicas, todas produzidas por uma arte da lítotes. Agora, diante de meus olhos, todo o seu calor se descobre, e vejo um lirismo que teria sido menos censurado nas obras posteriores de Camus, se porventura tivessem sabido entrevê-lo em seu primeiro romance.

O que faz que *O estrangeiro* seja uma obra, e não uma tese, é que nele o homem está provido não só de

1. Trad. bras. *A princesa de Clèves*, Rio de Janeiro. Record, 2004; (N. da T.)

uma moral, mas também de um humor. Meursault é um homem carnalmente submetido ao Sol, e acredito ser preciso entender essa submissão num sentido mais ou menos sacro. Exatamente como nas mitologias antigas, ou na Fedra raciniana, o Sol é, em *O estrangeiro*, uma experiência tão profunda do corpo, que se torna seu destino; ele *faz* a história e dispõe, na duração indiferente de Meursault, certos momentos geradores de atos. Não há nenhum dos três episódios do romance (o enterro, a praia, o processo) que não seja dominado por essa presença do sol; o fogo solar funciona com o rigor da Necessidade antiga.

Como em toda obra autêntica, o elemento mítico não pára de desenvolver suas figuras, e não é propriamente o mesmo sol que conduz Meursault nos três momentos de sua narrativa. O sol funerário do início é, visivelmente, apenas condição de uma viscosidade da matéria: suor nos rostos ou amolecimento do asfalto, na estrada tórrida por onde passa o cortejo, tudo é imagem de um meio pegajoso; Meursault não se desliga do Sol assim como não se desliga dos próprios ritos, e o fogo solar tem a função de iluminar e enviscar o absurdo da cena. Na praia, outra figura do sol: esse não liquefaz, endurece, transforma a matéria em metal, o mar em espada, a areia em aço, o gesto em homicídio: o sol é arma, lâmina, triângulo, mutilação, oposto à carne mole e surda do homem. E, na sala do tribunal onde Meursault é julgado, eis finalmente um sol seco, um sol-poeira, o raio vetusto do hipogeu.

Esse misto de sol e nada sustenta o livro a cada palavra: Meursault não está apenas às voltas com uma idéia do mundo, mas também com uma fatalidade – o Sol – extensiva a toda a ordem ancestral de signos, pois o Sol aqui é tudo: calor, sopor, festa, tristeza, poder, loucura, causa e iluminação.

Aliás, é essa ambigüidade entre o Sol-Calor e o Sol-Lucidez que faz de *O estrangeiro* uma tragédia. Assim como em *Édipo em Colona* ou *Ricardo II* de Shakespeare, a conduta de Meursault tem seu duplo num itinerário carnal que nos liga à sua magnífica e frágil existência. O romance, assim, baseia-se não só em filosofia, mas também em literatura: dez anos depois de sua publicação, alguma coisa nesse livro continua a cantar; alguma coisa continua a nos dilacerar, o que é o duplo poder de toda beleza.

CLUB
abril de 1954
Bulletin du Club du Livre Français.

PRÉ-ROMANCES

Toda vez que alguém arrisca a idéia de uma crise do romance, aparece um crítico cioso da saúde de nossas belas-letras para responder que o romance *nunca esteve tão bem*, pois o número de publicações é enorme. Mas essa é uma idéia um tanto quantitativa demais da crise; esta não impede, de modo algum, a proliferação: basta pensar no estado ao mesmo tempo crítico e fervilhante de nossa poesia no século XVIII, ou de nosso teatro romântico. De longe, essas crises são evidentes.

É que são crises estruturais, não de produção. É o que talvez esteja acontecendo hoje com o romance, se admitirmos que a maioria das obras fortes, das obras novas que aparecem atualmente são romances problemáticos, em que a ficção vem acompanhada de um questionamento das categorias fundamentais da criação romanesca, como se, diante da impossibilidade do romance ideal, do romance inocente, a Literatura precisasse antes de mais nada dizer como foge de si mesma e como se mata; enfim, como se recusa.

Na França, isso começou com Proust: ao longo de sua imensa obra, Proust está sempre para escrever, ele visa ao ato literário tradicional, mas o adia o tempo todo, e é no fim dessa expectativa *nunca cumprida* que a obra se encontra construída à sua própria revelia: foi a própria expectativa que formou a espessura de uma obra cujo caráter *suspenso* bastou para fundar a expressão do escritor.

Hoje, os estados mais conscientes da criação romanesca participam desse movimento proustiano por meio do qual o escritor institui seu romance diante de nós e o entorna no silêncio, exatamente no momento em que, há cem anos, mal teria começado a falar. Essa me parece ser a significação da obra de Jean Cayrol, por exemplo, que continua sendo uma verdadeira instituição da Literatura. No romance tradicional, o romancista parece remontar para o interior de uma ficção já pronta; explora uma profundidade idealmente dada, vasculha tempos, corações ou relações sociais que já têm uma história muito antiga. Cayrol, ao contrário, não apresenta o movimento do romancista como um remontar, mas como um lento derivar pela superfície de um domínio humano que está totalmente por fazer, e cuja estrutura seria constituída no exato momento em que o livro se encerra. A função do romancista já não é endoscópica, é de costear um mundo familiar mas insólito, porque ele ainda está para nascer, e por conseguinte o romance clássico, o romance totalmente armado, lhe seria uma expressão intolerável e mortal.

A tentativa de Robbe-Grillet (esses exemplos, evidentemente, nada têm de exaustivo, tomo-os ao sabor de leituras recentes), assim como a de Cayrol, não tem em vista questionar a *familiaridade* do romancista com seu mundo; visa a outro preconceito do romance clássico, aliás tão enraizado quanto a subjetividade do criador: é a organização do espaço literário. Deve-se notar que, de todas as dimensões do romance, o Tempo foi o primeiro a sofrer as tentativas de destruição ou de remanejamento dos romancistas, e o leitor agora está familiarizado com as técnicas de *flashback* ou de simultaneidade. O espaço, porém, ainda está mais ou menos intacto.

Robbe-Grillet trabalha para introduzir na narrativa um novo misto de espaço e tempo, o que se poderia chamar uma dimensão einsteiniana do objeto. A grande importância disso está no fato de que, literariamente, ainda vivemos numa visão puramente newtoniana do universo: Camus ou Breton descrevem uma paisagem como Chateaubriand ou Lamartine. Há muito tempo a pintura resolveu esse problema da figuração simultânea dos planos em movimento. A Literatura ainda não. O Teatro já um pouco: vejam algum trecho de *Comment s'en débarrasser*, de Ionesco: quem se espanta ou se preocupa quando vê a cena desdobrar-se, acontecendo atrás aquilo que os atores parecem estar olhando na frente?

Outra tentativa de estilhaçamento do romance: a de Jean Duvignaud, em que o romance foge a si mesmo transformando-se em teatro, ou seja, reversibilidade insólita da ficção sobre a realidade, junção ambígua de visão real com visão especular. É uma espécie de tema de época, essa imaginação do espelho; o arquétipo disso seria *Hamlet* e seu teatro no teatro. Para Duvignaud, a narrativa já não é a expressão onipotente do romancista, é dupla: o narrador é ao mesmo tempo observador e observado, e o criador está o tempo todo ameaçado por suas criaturas, assim como cada uma delas está ameaçada pela irrupção de sua própria imagem: o romance sai de sua vitrine e torna-se agressão, devoração de quem o consome.

Essas obras originaram-se de espíritos muito diferentes. O que têm em comum, certamente por uma questão de época, é uma mesma maneira de acomodar o olhar. Parece que o romance, depois de séculos de visão profunda, assume como tarefa uma exploração das superfícies. Essa decisão é nova por ser total; já não se trata de descrever o cotidiano com a minúcia esquadrinhadora do romancista verista, mas de interrogar-se em plena descrição, e aplicar uma dúvida essencial aos elementos mais comuns e mais aceitos da fatura romanesca: espaço, objetos, distância que podem separar o romancista do mundo e de sua criação.

Portanto, talvez seja útil lembrar que a psicologia, a psicanálise, a metafísica ou a afetividade estão ausentes dessas obras, pois sua razão de ser é precisamente levar o homem para longe das profundezas, para a superfície de seu domínio. Algumas dessas tentativas, é inegável, ainda têm algo de experimental. Mas não se deve de modo algum acreditar que elas correm o risco de levar a uma Literatura inumana. Ao contrário: esse questionamento dos elementos mais simples do romance tradicional será justificado se seu resultado for desembaraçar a ficção das mentiras seculares da "profundidade". E não se poderá esperar que seja admiravelmente patética a literatura cujo objeto seja puramente terrestre?

FRANCE-OBSERVATEUR
24 de junho de 1954
Sobre Jean Cayrol, L'Espace d'une nuit (Seuil), *Alain Robbe-Grillet,* Les Gommes, *Ed. de Minuit, Jean Duvignaud,* Le Piège, *Gallimard.*

TESOURO ABERTO, TESOURO DESCOBERTO

É preconceito corrente acreditar que a França não tem ou tem muito pouco folclore; os tempos patriarcais estão tão longínquos para nós, franceses, há já tanto tempo a Revolução instaurou em nossos hábitos críticos as normas do pensamento burguês, que para nós, na maioria das vezes, a cultura popular é questão de extensão, não de qualidade; quase não pensamos em reconhecer nela uma natureza substancial, acreditamos simplesmente que a arte popular, na melhor das hipóteses, é uma arte eterna vulgarizada entre as massas, graças aos generosos benefícios da educação republicana. A profundidade histórica do povo, em matéria de arte ou de poesia, se porventura tomamos consciência disso, está à mercê de algum despertar romântico: para quantos de nós a poesia popular francesa não se restringe àquelas canções do Valois descobertas por Nerval?

E a idéia nacional que nos deram da poesia aumenta ainda essa indiferença. Disseram-nos tantas vezes que a poesia francesa não é lírica, que os franceses não têm grandes poetas, a não ser retóricos, e que a França brilha pelo discurso, ao passo que outros povos, de cultura menos prestigiosa, nunca puderam ser senão poetas, e poetas ingênuos, ensinaram-nos de tal modo a nos orgulhar de nosso pensamento, com o risco de sacrificar sem remorsos nossas imagens, que depressa admitimos ser um povo sem anais poéticos, sem arte popular, sem cultura memorial.

É esse tecido de lugares-comuns, falsos e que provavelmente implicam interesses, que a antologia de Claude Roy rasga de modo vivaz, alegre e, cumpre dizer, triunfal. Seu *Trésor de la poésie française* [Tesouro da poesia francesa] constitui um dossiê decisivo: ter reunido todos aqueles belos textos parece-me um feito literário tão importante quanto a descoberta de um manuscrito precioso. Principalmente porque, até agora, as coletâneas de poesia popular, raríssimas, obras de eruditos ou de regionalistas, ainda que admiráveis em termos de cuidado e paciência, sempre tinham um caráter ingrato de arquivo; cheiravam a poeira, curiosidade ou, na melhor das hipóteses, carinho, mas pouquíssimo a vida e ainda menos a literatura.

Ora, o que mais se evidencia na coletânea de Claude Roy é precisamente o triunfo da literatura. Em seu prefácio, Roy explica muito bem que a poesia popular não é obrigatoriamente uma obra coletiva, anônima, de origem desconhecida: não é nenhuma espécie de emanação mágica da terra ancestral, como se disse com tanta freqüência nos tempos românticos ou pós-românticos. Os poemas populares muitas vezes têm autores conhecidos, e não é sua origem que os situa na arte popular; é sua destinação, ou melhor, o uso que a história fez dela; seu caráter discriminatório, diz inteligentemente Claude Roy, é o de ter sido bem-sucedida. É o assentimento do povo, a uma obra muitas vezes tão inspirada quanto o texto literário mais valorizado, que faz dela uma obra popular: ao contrário da poesia erudita, a poesia popular define-se, acima de tudo, no plano do consumo, e não no da musa. Essa é a primeira lição crítica do livro de Roy: à história literária corrente, que é sempre história dos momentos privilegiados da inspiração e da criação, é possível opor uma outra história, que não extrairia seus fatos da singularidade da literatura, mas de sua *sociabilidade*.

Abre-se assim o caminho para muitos esclarecimentos, como por exemplo o de que se pode muito bem conceber uma grande literatura desembaraçada do tabu secular da inalterabilidade. A imagem que se passa do poema de alta cultura contém sempre a exigência de uma perfeição formal imutável: a obra é propriedade do autor, e tão ferozmente quanto o campo o é do camponês ou o muro do burguês: mudar, no uso da obra, uma palavra, uma vírgula, é crime jurídico tão grave quanto deslocar uma árvore, uma cerca, uma pedra, a inclinação de um telhado. Essa apropriação congela o poema; ao preservá-lo das degradações, subtrai-lhe muito da generosidade, pois não é possível servir sem desgaste, sem que as moléculas e as superfícies da obra se modifiquem: a poesia popular não é poesia escrita, não reconhece a imutabilidade como um valor sagrado; admite que um mesmo poema se transforme, se complete, se esgote ou, ao contrário, se revitalize. Mas a recompensa de tanta liberdade é que essa poesia segue a história: sua sociabilidade não é apenas extensiva, no sentido de atingir classes variadas, de pessoas e profissões, ela é também intensiva, no sentido de agrupar numa mesma obra estratos de história diferentes, seguindo a humanidade nas fases sucessivas de sua inteligência: para a poesia culta – pelo menos segundo a imagem que a crítica tradicional nos dá dessa poesia – ela é mais ou menos o que a economia da troca foi para a economia do ouro; o ouro não se desgasta, mas a história logo conferiu a essa pureza algo de inumano; o tesouro da alta poesia é um tesouro enterrado; o da poesia popular foi sempre aberto, mesmo às degradações, e fomos nós que lhe diminuímos o valor, fechando-a. Ao abri-la de novo, Claude Roy lhe devolve o brilho: este provém, generosamente, de sua circulação, como o de todas as coisas vivas.

O que o livro de Claude Roy permite opor eficazmente são, está claro, modos de uso, não essências poéticas; na verdade, se por um lado há diferenças entre a *sorte* da poesia escrita e a da poesia popular, por outro, quase não há entre suas duas naturezas. O que ganha evidência nesse *Tesouro* é a identidade das duas poesias (o próprio Roy destaca isso). Percorrendo esses poemas, cuja seqüência abrange o essencial de nossa história nacional, pode-se *reconhecer*, num sentimento intenso de familiaridade, os arquétipos de nossos grandes momentos poéticos, da Idade Média aos surrealistas, a Eluard (com exceção dos clássicos, decididamente estranhos a qualquer circulação popular). Daquilo que se convencionou chamar grande literatura esses textos têm as audácias essenciais: a condensação, o irracional, a segurança de uma linguagem que nunca se assusta nem se admira consigo e recusa a complacência retórica, em suma, um estado maravilhoso de *ineloqüência* que estávamos acostumados a reconhecer como o poder dos grandes autores. Vejam um detalhe, por exemplo: como a cadência de todos esses poemas é pudica, hostil ao toque de trombeta das cláusulas tradicionais.

É agradável imaginar uma filosofia da história literária que oferecesse, à seqüência de nossos poetas conhecidos, essa tábua de poemas populares, como um arquétipo platônico da poesia: o que temos aí é uma idéia da literatura, idéia da qual as belas-letras são como que o reflexo histórico. Lendo ao acaso entre os provérbios populares que terminam esse *Tesouro*: *Dieu mesure le vent aux brebis dépouillées*, ou *La clef qui sert est toujours claire*,[1] não realizo em mim um estado de evidência imediata, um sentimento de nutrição, de deleitação que fundam a literatura como uma expressão de libertação e felicidade?

E assim, de uma só vez, o que se funda é, evidentemente, a idéia de uma boa literatura. Uma outra virtude da coletânea de Roy seria, portanto, possibilitar uma moral das letras. Esse *Trésor de poésie populaire* [Tesouro da poesia popular] torna ainda mais intolerável a falsa poesia, leva a desmistificar mais facilmente os pontífices da poesia acadêmica, os Barbediennes[2] da literatura fabricada. Comparem as canções populares da guerra e as

1. *Deus modera o vento para as ovelhas tosquiadas* e *A chave que serve é sempre clara.* (N. da T.)
2. Alusão a Ferdinand Barbedienne, artesão que viveu no século XIX e cuja especialidade era a reprodução de obras-primas da Antiguidade e do Renascimento. (N. da T.)

estrofes patrioteiras, os poemas da labuta real dos homens e os hinos ao trabalho compostos em gabinetes, por poetas bem intencionados: a verdade e a poesia aqui estão do mesmo lado. O mesmo se diga dos grandes temas românticos: Natureza, Morte, Amor são aqui cantados em seu uso humano, não em suas relações conceituais.

Se eu tivesse de ensinar crianças francesas, logo poria de lado os ditados de André Theuriet e as recitações de Jean Aicard, e, apesar das elisões (todas maravilhosamente eufônicas), dos erros de concordância e das ligações erradas (aliás, encantadoras), é no *Tesouro* de Claude Roy que eu iria buscar os elementos para alimentar minha classe. Esse seria o melhor meio de mais tarde levá-los a passar insensivelmente ao deleite com obras mais voluntárias. Não existe nenhuma solução de continuidade entre certos poemas de amor popular (por exemplo: *Amour, tu n'entends point*[3]) e alguns versos de Apollinaire, e nossos críticos convencionalistas se espantariam menos com a irracionalidade da linguagem poética moderna se tivessem estudado humanidades no belo livro de Claude Roy.

BULLETIN DE LA GUILDE DU LIVRE
fevereiro de 1955
Sobre o livro de Claude Roy, Anthologie de la poésie populaire française.

3. *Amor, tu não ouves.* (N. da T.)

A DEVORADORA DE HOMENS

Nana é a filha de Coupeau, operário alcoólatra de *L'Assommoir*. Má atriz e boa cortesã, Nana concentra em torno de si toda uma sociedade de homens, banqueiros, jornalistas, oficiais, nobres, altos funcionários de Napoleão III; ela vive disso, luxuosamente, dissipa fortunas, empurra uns para a ruína, outros para o roubo e os últimos para o suicídio; depois de destruir tudo ao seu redor, Nana vai embora, evapora durante certo tempo em alguma mítica Rússia: depois volta para morrer de varíola em Paris, exatamente no dia da declaração de guerra (1870).

Percebe-se o movimento simbólico dessa obra: Nana, filha do povo, deteriora a burguesia, leva-a à perdição

– e perde-se com ela. À ruína militar de 1871 corresponde uma desagregação mais profunda da França imperial, desagregação ao mesmo tempo física e moral: toda a sociedade do Segundo Império, corrompida por Nana, desmorona: o povo tem sua revanche. Mas, alienado pela burguesia, ele é arrastado na queda que provoca: a França inteira sucumbe sob os frutos do fascismo imperial.

Nana[1] é realmente um livro épico; não apenas pelo excesso admirável das pinturas, mas também pelo próprio tempo, que é o tempo bem conhecido das catástrofes. Zola quer pintar uma degradação, uma derrocada, e todo o movimento de sua narrativa dobra-se a essa intenção. Por exemplo, o tempo do início é lento, minucioso, preguiçoso, estamos na felicidade de uma inflação de prazeres, o autor demora-se numa única noitada; depois, à medida que a deterioração avança, que os homens estão cada vez mais tenazmente enviscados em Nana, a narrativa se acelera, os meses do fim são como minutos do começo: a desagregação é carregada num movimento progressivo, que traduz de modo alucinante seu caráter implacável.

Outra característica épica: a própria Nana é vítima da devastação que provoca, sem nenhuma contraparti-

1. Trad. bras., São Paulo, Ediouro, s/d. (N. da T.)

da, pode-se dizer sem nenhuma lição. Sabemos que o movimento do declínio, da perda progressiva, é o próprio movimento da tragédia (Édipo, por exemplo, conduzido à solidão e ao exílio pela descoberta de sua identidade, os reis shakespearianos destronados por algum sucessor solar; indivíduos que vão sendo pouco a pouco incorporados na noite). Por que então *Nana* é uma obra épica, e não trágica? Porque o movimento dos heróis trágicos é duplo: à medida que são mergulhados no infortúnio, vão tomando uma consciência mais vívida de sua humanidade, descobrem seu próprio valor, e o próprio excesso de seu sofrimento acaba por constituir sua sabedoria última, que é precisamente sua vitória sobre o destino (Édipo é feliz em Colona, Ricardo II encontra a autenticidade na prisão). Ora, nada disso acontece com Nana: ela não possui nenhum poder trágico, porque não tem nenhum poder de consciência; até o fim, continua sendo instrumento, mecanismo deflagrador ou corrosivo (conforme o episódio), situado sem piedade na sociedade do Segundo Império, onde cumpre sua tarefa de destruição, sem que nenhum resgate jamais lhe seja possível. *Nana*, portanto, é de fato uma epopéia, narrativa de um movimento cuja consciência não está em momento algum situada no interior da obra, onde nunca existe aquela espécie de retorno das personagens para si mesmas que vemos na tragédia. Zola é sempre a única consciência dessa catástrofe, porque quis que essa catástrofe, precisamente, não tivesse outra consciência que não fosse histórica; ele é o aedo, humano porém terrível, que mantém sempre diante de nós, um pouco distante, para enxergarmos melhor e evitarmos nos enviscar, esse afresco atroz de uma sociedade sendo engolida.

Também cabe atribuir a esse caráter épico de *Nana* um procedimento corrente em Zola (procedimento, aliás, não é a melhor palavra, pois na realidade trata-se do próprio princípio de sua arte), que consiste em reduzir o mundo a algumas sensações que se tornam como que suas essências sensíveis (é o que, na epopéia clássica, se chama epíteto de natureza: Atená de olhos glaucos). A pintura de Zola é sempre obsessiva: por exemplo, o amor é sempre dado como um aquecimento, e Zola nunca faz alusão a um desejo sem lhe agregar imediatamente a mesma temática, a do calor. Existe aí um procedimento admirável de deformação útil, e por aí se pode confirmar, mais uma vez, que o gênio é acima de tudo uma obstinação.

Isso quer dizer que Zola atinge a verdade por caminhos diferentes dos do naturalismo (a despeito das classificações escolares). Zola é um épico, um deformador; ele deforma no sentido de uma verdade exemplar, não natural; ele não copia a realidade, ele a exprime (como se espreme a polpa de um fruto para extrair-lhe o sumo); ou seja, ao invés de reconstituir mil detalhes e mil nuances, empregando nisso a dosagem do próprio original, ele vasculha, seleciona, vai procurar o tema essencial e faz dele uma espécie de prego, no qual bate vigorosamente do começo ao fim do livro. O que Zola apresenta, assim, são tipos, mas tipos sensíveis, dotados menos da algébrica psicologia dos moralistas clássicos que de uma carne, de um humor, de um sangue nos quais se lêem sua condição, sua fraqueza, sua vulgaridade, ou sua tara. Essa temática carnal, aliás, não é gratuita, mas pretende constituir um testemunho de inteligência, contribuir para uma leitura da História mais profunda que o prazer do romance.

Essa deformação genial permitiu que Zola pintasse, em *Nana*, a sociedade do Segundo Império com o tipo de distanciamento terrível de um etnólogo que estuda uma tribo kwakiutl. Acabo de sugerir que, em Zola, não há uma objetividade científica, mas, ao contrário, deformadora, que consiste em tomar a humanidade visada como um verdadeiro objeto, do qual não se pára de falar sem lhe agregar dois ou três adjetivos que são sempre os mesmos. Ora, o poder de objetivação (e não de objetividade) de Zola é enorme, sobretudo quando aplicado àqueles homens e àquelas mulheres do Segundo Império; para nossa grande estupefação, encontramo-nos diante de uma antropologia que nos é tão excêntrica quanto a dos papuas; temos até a impressão de que esses seres humanos, dos quais alguns poderiam ter sido simplesmente nossos avós (o que seria, aliás, pouco lisonjeiro), não tinham a mesma morfologia que nós, tinham outros humores, outras sensações, outros gestos, outros odores, outros apetites, e que, de maneira geral, viviam numa física diferente da nossa. A tal ponto que às vezes entendemos mal a devastação universal realizada por Nana, ela nos parece quase tão improvável, afetivamente, quanto o poder sedutor da Vênus hotentote. (O que, aliás, não tem importância alguma: *Nana* continua sendo um livro apaixonante, pois sua beleza, sua força de persuasão reside na materialidade de sua demonstração, não na verossimilhança de sua sugestão.)

Isso não implica, aliás, que o gênio deformador de Zola seja o único responsável por esse estranhamento. A bem da verdade – e aí está um fato digno de atenção –, costumamos estar bem mais familiarizados com épocas anteriores de nosso passado; nossos romances de aventuras, nosso teatro histórico (quantas peças sobre Fernão de Magalhães, Cristóvão Colombo, Savonarola, Rei-Sol etc.), nosso cinema, todas as nossas artes da imaginação assimilam com muito mais facilidade o homem clássico ou pré-clássico, o grande de Espanha, o mosqueteiro ou o marquês, do que o homem de fraque do Segundo Império. É uma época feia, para nossos olhos; nem mesmo o encanto caricatural de 1900 ela tem. Para nós, é uma época inverossímil, sem sedução, esquisita, ao mesmo tempo barroca e vulgar. No plano da história humana, contudo, essa época, no fundo, foi apaixonante, se bem que politicamente sinistra: seu fastígio de aventuras comerciais e a edificação fabulosa dos modernos tipos de negócios deveriam excitar nossa curiosidade, bem mais que uma cavalgada dos tempos de Luís XV ou um interior romântico.

Nana não diminuirá, para nós, a distância das mentalidades daquele tempo, ao contrário. Mas, precisamente, ao dar excesso de cor àquele mundo, Zola obriga-nos ainda hoje a pousar, sobre tal espetáculo, o olhar da História. Em vez de nos embalar com a descrição – como fazem tantos romancistas – de uma espécie de episódio mal historicizado da Mulher eterna, eternamente devoradora de homens, Zola põe diante de nós esse fato pretensamente universal em sua particularidade histórica. E paramos de suspirar para começar a julgar. E então entendemos melhor a finalidade dessa arte épica: ao reduzir o humano a História, o artista nos convida a tomar consciência ativa dele. Nana, a mulher de perdição, deixa de ser uma personagem de todos os tempos para reintegrar uma individualidade cuja estranheza convoca ao julgamento, e não à identificação. É por isso que *Nana*, apesar da terrível acerbidade do retrato que dela se pinta, é um livro belíssimo, grande, e eu diria, em suma, se a palavra não tivesse certa herança de mal-estar, desmentido por seu pujante interesse, um livro cívico.

BULLETIN DE LA GUILDE DU LIVRE
junho de 1955
Sobre Nana, *de Zola.*

MAUPASSANT E A FÍSICA DO INFORTÚNIO

Muitas vezes se pergunta o que opõe o conto ao romance. Pessoalmente, acredito que é certo uso da catástrofe. O romance, o bom, o verdadeiro, aquele que toma conta de nós, devagar e com segurança, no mais das vezes não passa da história de uma degradação: o infortúnio romanesco nunca é puro, é uma espessura mais existencial que conceitual. Com o conto, ocorre o contrário: o infortúnio nele existe como um ato solitário, indiscutível (infortúnio ou felicidade, dá na mesma): as situações não se encadeiam nem se perdem, mas se confrontam e rompem. A catástrofe tem algo de orgânico no romance, e de mecânico no conto. É provavelmente por isso que o conto incide facilmente numa espécie de didatismo: nele, sem dúvida, ocorre alguma coisa, e alguma coisa convincente (ao passo que um verdadeiro romance, como *Guerra e paz*[1], permanece profundamente ambíguo). O conto é uma criação freqüentemente mais intelectiva que onírica: o romance é sempre mais ou menos uma *paixão* pelo infortúnio; o conto é mais a sua *demonstração*. E talvez tenha sido por preferirem em geral a literatura da constatação moral à literatura do investimento passional que os franceses conseguiram escrever excelentes contos.

Os de Maupassant também têm a tarefa de demonstrar uma catástrofe. Com aquele jeito certinho de trechos de antologia para jovens-estrangeiros-que-estão-aprendendo-francês, eles são histórias terríveis, em que o infortúnio é sempre tão puro, que, não fosse certa *vulgaridade* proveniente da época, poderia passar por forma moderna de tragédia. É que, nesses contos de Maupassant, estão as duas grandes figuras seculares da derrota: o Medo e a Impotência.

Sabe-se que o primeiro desses temas tem origem, ou pelo menos correspondência, na doença de Maupassant, que morreu louco depois de muitos anos de transtornos mentais com depressão, alucinações e angústias. As histórias terríficas são abundantes em Mau-

1. Trad. bras., 2 vols., Itatiaia, 1997. (N. da T.)

passant, e nelas o medo logo assume aspecto patológico: é um sentimento irracional, pânico, uma espécie de vertigem total; não vem da previsão de um infortúnio, mas da incerteza e do mistério suscitados pela aproximação de uma catástrofe informe, inominável. Existe aí uma transposição bastante exata da angústia patológica, em que o doente sente o corpo tornar-se objeto, presa de um poder exterior que o circunscreve sem que ele possa *denominá-lo* com precisão. O medo de Maupassant não é de modo algum produto de um processo metafísico de culpa, é um estado primitivo, elementar e, por isso mesmo, totalmente objetivo.

O meio exterior exerce, portanto, papel preponderante: o medo é essencialmente sustentado por objetos (e não por pessoas), e esses objetos são investidos de uma quantidade terrificante de sobrenatural: sinos (dos mortos, dos barcos), neve, cães monstruosos, tambores misteriosos (como em certos faroestes). Esse material é um pouco grosseiro, um pouco infantil: não tem a "classe", digamos, do de Edgar A. Poe. Mas isso não quer dizer que a linguagem pânica de Maupassant seja falsa; sabemos que, quando certos psicopatas começam a fazer poesia, o que escrevem não é necessariamente Artaud, porém na maioria das vezes François Coppée. Os terrores de Maupassant também são retóricos: isso não os impedia de ser vivenciados. É provável, por outro lado, que a arte naturalista, apresentada de início como uma ascese anti-romântica, tenha contribuído para podar a excessiva liberdade na expressão do estranho. É uma época que freqüentemente se esforçou para atingir o barroco (os Goncourt, Huysman), mas sem nunca conseguir, pelo menos para nossos olhos modernos, a não ser na forma dos bronzes de Barbedienne ou das salas de jantar Henrique II; houve então uma epidemia de vulgaridade contraída pelos maiores gênios de então, e só realmente conjurada com Proust.

Mas essa mesma vulgaridade, que prejudica Maupassant, tornando talvez familiar demais o elemento pânico de seus contos, sustenta-se, ao contrário, admiravelmente quando se trata de descrever a classe social que é sua matriz reconhecida: a pequena burguesia. Por causa do mal-entendido das antologias, sempre condescendentes com a cor local, os contos mais conhecidos são os camponeses e os normandos; mas, na verdade, é a pequena burguesia o objeto primordial, obsessivo, poderíamos dizer, da arte de Maupassant. Provavelmente constitui uma descoberta importante do naturalismo o fato de ter visto que a pequena burguesia francesa, promovida a um papel político especial em 1848, constituía uma totalidade histórica, um fato nacional definido por uma economia, uma estética e uma moral, prestando-se, por conseguinte, a ser pintada com uma cor tão "local" quanto a nobreza de Balzac ou os camponeses de George Sand. Flaubert, mais uma vez, é nesse aspecto o grande iniciador, Flaubert de quem Maupassant é, em tudo, discípulo, bem mais do que de Zola, a quem ele atribui uma identidade artificial de escola.

Flaubert e Maupassant quiseram definir a ética pequeno-burguesa (provavelmente, em parte, porque precisavam agüentá-la todos os dias), mas seus caminhos foram diferentes. Em certas páginas de romances, no extraordinário *Bouvard et Pécuchet*[2], no *Dictionnaire des idées reçues*[3], Flaubert buscou, principalmente, ridicularizar a pequena burguesia: reproduziu – ou seja, pôs à distância e criticou – a alienação estática de sua linguagem. A própria forma do conto, porém, encaminhou Maupassant para uma descrição ao mesmo tempo menos fina e mais dinâmica: o que ele descreve não é tanto a asneira, e mais a impotência pequeno-burguesa; daí certo pateticismo silencioso, que está no fundo de todos os contos de Maupassant e faz parte desse sentido de catástrofe de que eu falava no início. A descrição de Maupassant corresponde a uma análise histórica extremamente correta: no grande surto capitalista da segunda metade do século XIX, a pequena burguesia burocrata, apartada tanto da expansão comercial quanto

2. Trad. bras. *Bouvard e Pecuchet*, Rio de Janeiro, Nova Fronteira, 2.ª ed., 1981. (N. da T.)
3. Trad. bras. *Dicionário das idéias feitas*, São Paulo, Nova Alexandria, 1995. (N. da T.)

do despertar da consciência proletária, experimenta uma impotência fatal: mais ou menos parasita do Estado, num momento em que a burocracia está longe de ser forte, ela está fadada a uma pobreza sem esperança, exceto se fantasiosa (o tio da América, como no conto: *L'Oncle Jules*). Esse obstáculo à ascensão social é mais doloroso porque essa classe convive o tempo todo com o prestígio do dinheiro e com as facilidades do arrivismo, mas, infelizmente, na qualidade de pura miragem (Mme Loisel, sem um tostão, *pode* assim mesmo ir ao baile do ministro).

Maupassant captou de forma notável esse estado frágil e sutil em que uma classe social é, ao mesmo tempo, alienada e sonhadora, fascinada pela possibilidade da ascensão, mas ignorante dos obstáculos reais que a separam dela. Todos os seus contos "sociais" (são bem mais numerosos do que se acredita) estão assim situados na fronteira entre o sonho e a vigília: a catástrofe, de que eu falava há pouco, é sempre constituída por um desmentido social inapelavelmente brutal: é a alienação em toda a sua hediondez e também em todo o seu pateticismo; as personagens aparecem como que "possuídas" pelo próprio germe da catástrofe trágica: a cegueira, o descomedimento, a loucura do "parecer demais". Quase todos os contos de Maupassant são dramas da vaidade social.

Esses contos apresentam, na maioria das vezes, uma estrutura ternária que exprime muito bem o caráter catastrófico, pânico desse universo. Num primeiro movimento, a alienação pequeno-burguesa é apresentada sob suas verdadeiras luzes: vida mesquinha, pobreza tanto mais pungente por ser preciso manter a todo custo a máscara da decência, detalhes sórdidos (toalhas sujas, "criadas" a preço aviltante, estilo de vida "parcimonioso" etc.). Depois, num segundo movimento, a alienação cai nas malhas do sonho: uma baforada de vaidade social arrebata as personagens, levando-as a transgredir, nem que por um só dia, os limites de sua condição: Mme Loisel, mulher de um pequeno funcionário, toma de empréstimo adereços caríssimos para "aparecer" no baile do ministro; um funcionário do ministério aceita proteger um eclesiástico que o bajula; um nobre empobrecido aluga uma carruagem para desfilar pelos Champs-Elysées. E, num terceiro movimento, a catástrofe: Mme Loisel perde os adereços, e levará toda uma vida para pagá-los; o eclesiástico não passava de um escroque; a carruagem alugada atropela uma velha, que precisará receber pensão até morrer. E todas as personagens acabam um pouco mais afundadas na miséria e na servidão, alienadas mais profundamente por sua insensata tentativa de ascensão: tudo soçobra no ridículo ou em maiores embaraços.

Por miúdas que sejam, essas catástrofes são totais, puras, sem recurso e sem álibi. Existe aí um pessimismo histórico terrível. Mas esse pessimismo não é ilusório, porque Maupassant pegou a pequena burguesia burocrata numa fase efetivamente desesperada de seu devir. Esse sentido do infortúnio certamente combinava com certa física da catástrofe que era própria a Maupassant, e da qual dão testemunho, em outro plano, todas as suas narrativas de alucinação. E talvez tenha sido esse pateticismo fácil, embora vivido, que levou a crítica a afastar-se um pouco de sua verdadeira pujança: Maupassant é um dos grandes escritores de nossa literatura que souberam descrever em profundidade uma alienação social, generosamente desmistificada.

BULLETIN DE LA GUILDE DU LIVRE
Lausanne, janeiro de 1956

A CATEDRAL DOS ROMANCES

Como romance, *Notre-Dame de Paris* assemelha-se muito ao monumento que é sua personagem principal: a mesma mistura compósita de partes, algumas fora de moda, outras de uma beleza ainda viva; a mesma desigualdade de desgaste e, sobretudo, o mesmo prodígio de unidade final, a despeito da diversidade dos detalhes. E, assim como o melhor turista – quero dizer, o mais sábio e mais bem recompensado – é aquele que sabe aceitar hoje um edifício em seu conjunto, também o melhor leitor de Hugo é aquele que não se preocupa demais em discernir, nesse livro, o vulgar e o comovente, o pueril e o tortuoso, o arcaísmo e a vanguarda. Como catedral ou como romance, é preciso tomar

Notre-Dame de Paris em bloco, no melhor e no pior. É uma experiência que se deve tentar: fechar-se um domingo em casa com *Notre-Dame de Paris*, e, passada a exasperação inicial com certa superabundância de humor espesso e de citações latinas no duvidoso gosto medieval, passado o tédio de algumas dissertações em filosofia pouco sutil, começa o encantamento, a prodigiosa fascinação das grandes leituras, a transmutação da imagem em realidade.

Pois *Notre-Dame de Paris* é em todos os sentidos o livro do ambiente fechado, e por isso é um livro voluptuoso. Quando se diz que, em Hugo, a velha catedral é um mundo, creio que o que se define é muito menos sua vastidão que sua reclusão. Frollo e Quasímodo reinam sobre um lugar finito, completo, hermético (essa palavra é uma feliz ambigüidade), que se basta por inteiro a si mesmo, material e espiritualmente. Ali se produz a sedução, tão antiga, de todo universo autárquico, estado sobrenatural de independência e calor, que é o objeto final de todas as grandes imaginações, a infantil, a poética e a neurótica.

Um abrigo só é plenamente vivenciado em sua felicidade se confrontado com o espaço aberto contra o qual se define: o navio se mede pelo mar; o castelo, pela planície; a cabana, pela floresta. A catedral opõe-se a Paris, mas a genialidade está em conceber o confronto entre o monumento e seus arredores, não como a justaposição de dois espaços, mas como o diálogo entre uma altura e uma extensão; ao contrário dos devaneios comuns do refúgio, a catedral não é profunda, é alta, ou ao menos é profunda por sua altura, se assim se pode dizer: é no topo que mais se está trancado; para Hugo, não há *fora*, há um *em-cima*: é o admirável quadro de Paris em vista aérea, afresco topográfico que soma à clareza intelectiva (essas páginas são um modelo de geografia inteligente) a clareza física, por assim dizer, pois a altura do ponto de vista dá ao leitor a impressão de liberdade sobrenatural, de poder ilimitado, que a viagem de avião realizaria cem anos depois, e que Bachelard tão bem analisou, no plano poético, em seu livro sobre os ares e os sonhos. Outro grande romântico, Michelet, também extraíra efeitos bem modernos dessas vistas do alto, que fazem do leitor um verdadeiro deus, compreendendo o espaço histórico e terrestre (mas todo espaço não é histórico?), à própria proporção que o *faz* com os olhos.

Por sua altura, a catedral é portanto poderosa, corporalmente vivenciada, sobre o espaço que a circunda: ela o *compreende*, nos dois sentidos do termo, e o leitor com ela. Mas essa é apenas uma função, poder-se-ia dizer poética, que só se manifesta quando de algum modo é o próprio Victor Hugo que habita Notre-Dame. Para as personagens do romance, a catedral permanece essencialmente como um lugar fechado em si mesmo: é antes de tudo asilo. É verdade que o asilo desempenha, primeiramente, forte papel anedótico: do rei dos mendigos a Luís XI, todas as personagens acabam por se emaranhar no rapto de Esmeralda dentro da catedral. Mas o asilo tem também e sobretudo um papel poético; a catedral como refúgio é toda a felicidade de um mundo enfim completo, pleno como um ovo, cuja vida interna, auto-suficiente, suspende e nega tudo o que a cerca: tempo, espaço, ódio, devir político do mundo. O que não se encontra na catedral? Até flores, que crescem em pedras! O asilo é aqui mais feliz ainda porque mais uma vez Hugo soube defini-lo pela altura, substituindo o devaneio secular do antro e da gruta, em suma, da profundidade, pela imagem do terraço aéreo, do jardim suspenso. Outro grande romancista, e o mais popular deles, Jules Verne, soube um pouco depois fazer sonhar da mesma maneira grande número de crianças e adultos, ao conjugar profundidade e altura no refúgio onde Cyrus Smith e seus companheiros se encerram (*A ilha misteriosa*).

Aliás, o caráter mítico dessa catedral fechada revela-se plenamente no episódio de sua defesa: Quasímodo mantém o monumento fechado contra o mundo inteiro; na verdade, é o próprio lugar, dotado de uma espécie de força orgânica, que se defende, e o monstruoso corcunda de alma terna, espécie de mediador mágico, apenas *apresenta* a defesa de um corpo imenso que se protege, largando parcelas de sua carne mineral: ao assalto dos mendigos, homens terrestres, rastejantes, armados de um material telúrico (aríetes, vigas, escadas de madeira), responde a ofensiva das substâncias sobrenaturais: o chumbo derretido, ao mesmo tempo líquido e fogo, e o ar, ou seja, o vazio no qual Quasímodo precipita os assaltantes e no qual, para terminar, precipitará Frollo, traidor da reclusão ciumenta do edifício.

A própria intriga, contraponto de acontecimentos e fatalidades (aliás, regido de maneira magistral por Hugo), só é realmente entendida em relação a essa situação de reclusão mágica que define a catedral: tudo acontece porque há quem queira sair do asilo ou nele entrar, invocá-lo ou violá-lo, abusar dele ou a ele se submeter. Fora, longe do sentido profundo do lugar, o mundo civil, agitado, grotesco, inessencial: o rei, a justiça, os ladrões (ainda que o pátio dos milagres retome, enfraquecido, o grande tema do fechamento); entre esse mundo aberto e a igreja fechada, um penhor, um objeto dilacerado, cujo movimento fatal, impotente para fixar-se, leva à perdição de ambos: Esmeralda; e, no próprio edifício, o bem e o mal, Quasímodo, verdadeiro gênio da reclusão, encerrado absolutamente na pedra, em sua feiúra, sua surdez e seu amor impossível; e Frollo punido horrendamente por ter quebrado a matriz, mineral e espiritual, dentro da qual começara a ser feliz.

Assim, por trás do divertimento da "cor local", por trás da intriga, por trás da confessa filosofia da história, o que Hugo urdiu foi um verdadeiro drama cósmico, um confronto de substâncias, das antigas e sonhadas substâncias que há séculos nutrem, com inflexões diversas, os folclores e as obras. Não é por sua vulgaridade que *Notre-Dame de Paris* é uma grande obra popular (embora o livro seja polpudo e não tenha o mesmo prestígio do romance francês legendário, no estilo de *A princesa de Clèves* ou de Stendhal), mas por aquilo que, a despeito do desgaste do termo, cabe bem chamar de *poesia*, esse poder de realizar no mais profundo do leitor, no lugar obscuro de sua psique, onde se misturam o físico e o mental, aquele movimento pelo qual o ser humano aceita ou rejeita, transforma e assimila os grandes estados da matéria, o vazio e o cheio, o profundo e o alto, o aberto e o fechado: vida profunda do corpo, que com seu sonho acompanha toda a história humana.

BULLETIN DE LA GUILDE DU LIVRE

Lausanne, março de 1957

Sobre Notre-Dame de Paris, *de Victor Hugo.*

PREFÁCIO A STENDHAL

É freqüente apresentar-se *Promenades dans Rome* como um guia de turismo redigido por um intelectual para uso de viajantes inteligentes. É verdade que na origem dessas *Promenades* há motivos puramente fortuitos, que poderiam levar a crer que se trata de um livro não-essencial: a segunda edição de *Rome, Naples et Florence* fora publicada em fevereiro de 1827; seu manuscrito fora muitíssimo encurtado a pedido do editor, e Stendhal dispunha de numerosas páginas inéditas sobre a Itália; além disso, *Rome, Naples et Florence* fora um sucesso financeiro, e Stendhal, que atravessava então um período doloroso (sua ruptura com a condessa Curial quase o levara ao suicídio), Stendhal precisava ao mesmo tempo de dinheiro e de distração; tudo, portanto, naquele ano de 1828, inclinava-o a aceitar o projeto de colaboração de seu primo Romain Colomb, que, voltando da Itália, lhe propunha um plano de pesquisas bibliográficas; Stendhal e o primo trabalharam juntos de julho de 1828 a março de 1829: só a arte de Stendhal (e talvez também alguma profunda necessidade de sempre fragmentar seu pensamento) pôde conferir a um trabalho tão assíduo, realizado inteiramente em Paris, o aspecto de um diário espontâneo, redigido dia a dia em Roma, cheio de anotações cotidianas sobre o vento que sopra ou o café que se acaba de tomar.

Stendhal, sem dúvida, quis atingir viajantes reais, e é verdade que em *Promenades* há todo um cenariozinho turístico: a começar por esse título *Promenades*[1], no auge da moda naquela época, pois, no mesmo ano de 1829, foi possível levantar sete obras diferentes cujo título continha essa palavra. Aliás, na obra de Stendhal se verá o cuidado constante de ajudar o viajante nas providências mais materiais de seu *tour*, como já se dizia: indicação dos itinerários possíveis, duração das mudas, preços das "passagens", aluguel de viaturas, apresentação dos passaportes, horários e listas de compras (naquele tempo, compravam-se quadros na Itália como hoje se compram camisas).

1. Literalmente, *passeios*. (N. da T.)

Mas as coisas começam a ficar mais sutis quando esse aparato turístico, tão amavelmente proposto ao viajante, revela conter algum secreto sarcasmo em relação ao turismo. O turista, para Stendhal (a palavra era então recente, data de 1816 e, aliás, vem da Inglaterra), o turista é o inglês, e o inglês (pelo menos fora de casa) é um homem ridículo, porque visita o estrangeiro mas não o habita: comete o grande pecado da falta de imaginação, de não saber sair de si mesmo. À integridade inalterável do inglês, que em todos os lugares se obstina em perseverar no seu ser de inglês, Stendhal oporá então, ligeiramente, a efusão do viajante flexível, acolhedor, que se maravilha ao ver as toalhas do papa secando nas janelas do Vaticano, ou ao sentir o perfume da laranjeira no monte Celio ou nos jardins Costaguti. O turista (inglês) impõe toda a sua pessoa à paisagem; o viajante (stendhaliano) visa essencialmente a ser um habitante: o país onde entra não é um objeto, curioso ou simpático, é um *mundo*, do qual convém tornar-se cidadão, sem porém perder a liberdade do olhar; conciliar os privilégios do estrangeiro aos do autóctone: quem nunca teve esse sonho? Ser ao mesmo tempo quem vê e quem se entrega, manter ligeira distância para se sentir mais investido, fundir-se, mas nunca a ponto de perder a consciência disso, essa é a proposta da viagem stendhaliana.

O turismo é aí, portanto, uma máscara (Stendhal gostava muito de se mascarar), a própria máscara do antiturismo. De fato, o que há em *Promenades dans Rome* é muito mais que um guia de viagem, ainda que inteligente: é uma ciência da realidade, é um conhecimento do mundo, poderíamos dizer uma cosmogonia, cujo aspecto voluntariamente descontínuo, pudico e como que desenvolto não deve levar a esquecer a coerência.

A viagem stendhaliana é essencialmente um sistema de conhecimento; seu objeto é, pois, no sentido mais sério do termo, a realidade. Ora, para Stendhal, a realidade é a Itália. A Itália stendhaliana não é pretexto de curiosidade ou exotismo, não é sequer um país de eleição, é o lugar da verdadeira vida. Com isso se deve entender que tudo o que não é italiano tem certo caráter de inexistência. A Itália é o real em estado puro, portanto, intensivo, ampliado. Um fenômeno moderno, a fotogenia, pode dar conta desse modo de realidade: a imagem cinematográfica não altera nem embeleza a realidade, mas intensifica-a, revela a carga virtual de suas significações, depreende dela tudo o que pode tornar-se alimento secreto do homem, tudo o que liga efetivamente o mundo à subjetividade humana. Assim também a Itália, para Stendhal, é essa espécie de realidade superlativa que, por um dom singular do clima e da história, provoca o homem para a experiência do conhecimento. É por isso que as viagens italianas de Stendhal são muito mais relações de momentos vividos: para sua plena significação, era necessário que elas fossem *também* viagens imaginárias, bem mais próximas, por seu projeto profundo, dos itinerários de Michaux que dos cadernos de Charles des Brosses, pois só a imagem pode dar conta da intensidade do real, e sabe-se que a imaginação era a primeira qualidade que Stendhal exigia do viajante italiano, e esta palavra não deve ser entendida como a insensata pujança que deforma e mente, mas, ao contrário, como um poder da mente que consegue devolver ao que é real a multiplicidade de suas dimensões (*ser belo por todos os lados*, diz Stendhal ao falar do ideal da escultura).

A imaginação é, pois, uma maneira de devolver a totalidade ao real, e por isso é caminho para o conhecimento. A imaginação stendhaliana, aliás, nada mais é que o derradeiro elo de uma cadeia psicológica, que Stendhal haurira em Destutt de Tracy, e que J.-P. Richard analisou de modo decisivo numa obra recente (*Littérature et sensation*). Seu ponto de partida é a *sensação*, espécie de deslumbramento total que é como que a matéria-prima do conhecimento; em seguida vem o *juízo*, que retoma a sensação, detalhando-a, e acaba por transformá-la em *percepção*, atividade verdadeira em que todo homem se empenha. Esse esquema psicológico tem grandes conseqüências: conhecer é ir com ardor à caça da sensação, tirar proveito dos acasos e, ao mesmo tempo, suscitar as ocasiões; daí provém o caráter vivaz, voluntário e descontínuo dessas *Promenades*, verdadeiras caçadas sensuais, em que é preciso captar deslumbramentos e transformá-los imediatamente em percepções, ou seja, em juízos; o privilégio da Itália é precisamente fornecer em profusão a sensação, que é matéria-prima de todo conhecimento: *essa Itália*, diz Stendhal, *que na verdade nada mais é que uma ocasião para sensações.*

É, aliás, esse caráter eminentemente ativo da percepção stendhaliana que explica por que, paradoxalmente, Stendhal passeia muito mas escreve pouquíssimo. Há uma antipatia de princípio entre o passeio stendhaliano e o quadro romântico, em que todo espaço é retratado, ou seja, acariciado pelo olhar (ou pela frase) do escritor em sua substância objetiva. Stendhal nunca retrata, porque retratar seria continuar sendo olhar, ao passo que é preciso vir a ser juízo. Para dar conta dos monumentos ou das paisagens, Stendhal geralmente se atém a uma palavra, bem banal (*sublime*, *picante*, *bonito*, *belo* etc.): ele só quer notar um *efeito*, ou seja, precisamente uma sensação transformada em percepção; além disso, esse efeito só pode ser ouvido, por assim dizer, do próprio Stendhal (que podemos ver de Nápoles, se só nos dizem que sua situação é *deliciosa e sublime*?). Pelo menos entendemos que essa ausência de descrição define o lugar secreto da sensação stendhaliana: diante daquele fragmento de realidade que lhe salta à vista (pintura, palácio ou cena da rua), Stendhal reage como um astrônomo diante do Sol: obstrui zelosamente seu centro, que tem um fulgor insuportável, para captar apenas sua irradiação espiritualizada; vívida demais, a sensação stendhaliana só pode ser comunicada depois de naturalizada, humanizada pela lembrança.

Há, portanto, em Stendhal – e especialmente em *Promenades dans Rome* – um pequeno drama da sensação, uma luta secreta contra a própria idéia de literatura, pois Stendhal nunca pode retratar o que vê, mas apenas comunicar com uma palavra breve o que viu, o que o deixou deslumbrado. A frase de Stendhal é rápida, parece até uma fuga; ela não é reconciliada: não se impõe ao objeto (palácio, *villa*, fonte, afresco, igreja ou ópera), mas, sob aparências ligeiras, dá-lhes um caráter inacessível, o que, aliás, em nossa visão de homens modernos, constitui todo o valor de Stendhal, pois hoje prezamos mais as literaturas que se medem com o real do que aquelas que dele se nutrem. Em suma, Stendhal está o tempo todo dividido entre a necessidade vital da sensação, origem da vida, do conhecimento e da felicidade, e sua intensidade excessiva; donde um sem-número de providências diversas, destinadas a isentar a sensação de sua força de arrebatamento, a conferir-lhe o ritmo tranqüilizante da penetração intelectiva: conhecer é experimentar a força da realidade, sem sucumbir a seu deslumbramento.

Entende-se então a importância da história no itinerário romano de Stendhal: não há sensação, aí, que não seja imediatamente prolongada, organizada por sua dimensão histórica; de uma maneira ou de outra, Stendhal faz história de tudo o que toca. *Les Promenades dans Rome* é uma obra cheia dessas perspectivas, que são como que as primeiras linhas daquilo que hoje se chama antropologia histórica. Mas é preciso cuidado: esse historicismo stendhaliano não é propriamente uma exigência positivista; é, antes, uma maneira de humanizar o deslumbramento com a realidade, explicando-o por meio de seus antecedentes, conferindo-lhe o ar sempre tranqüilizante de um *produto*; assim, Francesco Cenci, objeto essencialmente deslumbrante para os olhos de Stendhal, porque *puro* (sem mistura), seria naturalizado como resultado de uma sociedade definida, que é a sociedade papal da Contra-Reforma: distanciado pela história, o don Juan romano poderá ser *descrito*.

O comparatismo, procedimento que reina ao longo dessas *Promenades*, é portanto uma maneira de domar a excessiva vivacidade do real, assim como na ordem psicológica o juízo torna suportável a sensação. Stendhal passa o tempo a comparar: cidades, épocas, governos, costumes, caracteres. Haja vista as páginas dedicadas às variações históricas da paixão amorosa ou da emancipação feminina, à psicopatologia do martírio ou à sociologia do populacho romano: é uma verdadeira antropologia diferencial que se edifica diante de nossos olhos; e o que Stendhal encontra, passeando por Roma, é o princípio moderno da totalidade histórica: para falar de Ariosto, basta narrar um traço dos costumes de seu tempo. Apesar da origem psicológica desse procedimento, isso é muito consciente em Stendhal: ele mesmo diz que o interesse dessas *Crônicas italianas*, da qual é extraída a história dos Cenci, é apresentar *os costumes que geraram Rafaéis e Michelangelos, que se pretende, nesciamente, recomeçar com Academias e Escolas de Belas-Artes.* Parodiando palavras horrorizadas de Massillon sobre Espinosa, Stendhal poderia ter dito: "Só preciso do mundo para me dar segurança."

Assim como o juízo possibilita a comunicação da sensação, a história aclimata a energia do caráter. Para Stendhal, a história não é uma verdadeira dimensão temporal; é, antes, um meio de captar o presente e ao mesmo tempo distanciá-lo, ou seja, compreendê-lo. Reencontrar aquelas antigas "historietas" do século XVI italiano, que Stendhal teve a felicidade de descobrir em algum buquinista de Civita Vecchia – das quais, em 1837, extrairá *Les Cenci* –, era ter a feliz oportunidade de saborear a Itália presente, sem sucumbir a uma presença vívida demais da Itália. *Deve-se buscar toda a Itália atual na Idade Média.* Isso quer dizer que não há diferença de natureza entre o passado e o presente, apenas uma diferença de pressão: para Stendhal, a Itália dos *Cenci* representa um grau ideal de energia, ao mesmo tempo vívida, porém descritível, porque suficientemente distante.

À sensação stendhaliana, necessariamente vívida e necessariamente sutilizada, corresponde, portanto, na ordem moral, uma qualidade necessariamente forte e necessariamente temperada: *a energia*, que é o motor dos *Cenci* e de bom número de histórias contadas nas *Promenades* (amores de religiosas, raptos, veneno). A energia é tão ambígua quanto a sensação, pois deve ser ao mesmo tempo deslumbramento e comunicação, ou seja, recuperação social de uma violência primitiva. A energia, na origem, é o estado de pureza absoluta de uma paixão, o poder singular de que um caráter dispõe para ser apenas ele mesmo. A energia supõe certa ausência de civilização; sem dúvida, foi uma grande idéia romântica a superioridade do bárbaro sobre o homem civilizado, e há algo de romantismo no gosto stendhaliano pela energia; mas, aqui, o bárbaro não é o inocente, é, antes, o ilegal, o revoltado, aquele que se realiza contra a sua sociedade. Há uma palavra stendhaliana para designar esse estado permanente de autenticidade (de um homem, de uma classe, de uma época, de um país): é a *vivacidade*, a que se opõe aquilo que Stendhal despreza especialmente, que é o mortiço, o estiolado; a Paris pós-napoleônica, por exemplo, pois é certo que, para Stendhal, Napoleão, italiano e apaixonado (Stendhal cita com delícia, em suas *Promenades*, uma carta de amor do jovem Bonaparte), foi sempre o herói da *vivacidade*.

A energia é acima de tudo uma pureza, no sentido químico do termo. Portanto, o que lhe é mais contrário é o que vem de fora. Stendhal tem também uma palavra para isso: é a *imitação*, ou o *gesto*. Em suas *Promenades*, Stendhal afirma seu desprezo pelo mundo do gesto, cujos tristes representantes, a seu ver, são – infelizmente – os franceses seus contemporâneos, enquanto a Itália é, evidentemente, o lugar da paixão natural, ou seja, do antigesto. Para Stendhal, Francesco Cenci, o don Juan romano, tem de notável o fato de que todas as suas condutas consistem, por princípio e origem, em nunca imitar nada: ele age unicamente *contra* o que já foi feito, e a tal preço realiza a pureza que o funda como figura satânica e como secreto herói stendhaliano.

Herói ambíguo, aliás, ou pelo menos incompleto. Pois, se vista por todos, a ausência de gesto torna-se gesto: ao matar espetacularmente o conformismo, tem-se o próprio espetáculo do inconformismo, e a pureza se torna imitação. Nas páginas de introdução à história dos Cenci, encontra-se esta observação profunda: Francesco Cenci precisa *de prazeres que sejam triunfos, que possam ser vistos pelos outros, que não possam ser negados.* Cenci trava uma prova de força com sua sociedade, sempre propenso a nunca se deixar cooptar por ela; mas isso é dizer até que ponto ele depende dela, como ele é seu parasita. Stendhal nunca deixou de ressaltar a estreita relação que une don Juan, por um lado, ao pecado e, por outro, à exaltação ardilosa da dor em seu tempo (na Antiguidade, diz Stendhal com nostalgia, *ninguém professava que esta vida é um vale de lágrimas, e que há mérito em sofrer*). Há, entre o mundo e Francesco Cenci, um elo essencial de complementaridade: revoltar-se espetacularmente é ainda reconhecer e consagrar o objeto da revolta. A energia é perdida por sua própria pureza; tornando-se espetáculo, passa a ser fundada apenas por seus espectadores; análoga nisso à sensação, ela só pode desenvolver-se, comunicar-se e agir pela periferia, numa zona exatamente temperada. E assim como, para exprimir-se, a sensação stendhaliana precisa naturalizar-se em juízo, para agir realmente, para livrar-se do gesto, a energia stendhaliana precisa de uma *medida*, que falta totalmente ao don Juan romano.

Essa medida imposta à energia por Stendhal é a hipocrisia. O verdadeiro herói stendhaliano deve fazer-se hipócrita, não tanto porque só a hipocrisia pode vencer a hipocrisia (nem Julien Sorel nem Fabrice conseguiram), mas porque só a hipocrisia pode temperar a excessiva pureza da revolta e reconduzi-la do gesto à natureza. Há uma mesma impossibilidade na vivacidade da sensação e na energia do caráter; sua própria pureza as reverte e destrói: o homem stendhaliano só pode viver pelas margens.

PREFÁCIO A STENDHAL
Quelques promenades dans Rome *e* Les Cenci.
Guilde du Livre, Lausanne, 1957

MESAS-REDONDAS

Mais uma mesa-redonda, mais uma sobre o *nouveau roman* (desta vez em *Les Lettres françaises*). Quantas vezes ainda esse ser coletivo chamado Nathalie Sarraute–Robbe–Grillet–Butor–Simon se desenvolverá em torno de um microfone? Em prol de que verdade? Será que cada um enxerga melhor dentro do outro? De si mesmo? Cada um convence os adversários de pelo menos um átomo de sua verdade? Não, é só um protocolo, do qual provavelmente se participa sem ilusão, para "respeitar as regras do jogo", porque um escritor, hoje, acha que deve estar presente em todos os lugares aos quais o chamam, talvez até por fragilidade apenas, como aquele povo da Antiguidade que, segundo Michelet, pereceu por não saber dizer não.

Contudo, esse protocolo não é inocente. Em primeiro lugar, o diálogo ao qual ele pretensamente introduz é não só ilusório como também contrário aos próprios fundamentos da Literatura – poderíamos dizer que a Literatura, pelo menos em nossa sociedade atual, começa exatamente onde o diálogo se torna silencioso. É uma fatalidade histórica do mundo burguês o escritor definir-se pelo caráter radical de sua fala, que é ao mesmo tempo tirania e sofrimento, consciência opressiva e dolorosa. Escrever é, precisamente, essa contradição que faz do fracasso da comunicação uma comunicação segunda, fala para outro, mas fala sem o outro. Não só o diálogo de escritores não tem poder contra essa impotência, como também a duplica e mistifica; os dois terrores estão bem próximos, só podem ser mascarados com procedimentos nocivos ou derrisórios: esvaziando a idéia (nunca há nada nessas mesas-redondas) e multiplicando as afirmações liberais, fraco exorcismo de um ato que, por definição, é letal (*em certa medida sou da sua opinião, estou de acordo, mas..., X tem toda a razão, no entanto... etc.*). A simples proposta de uma obra é tão pesada, que o escritor não pode sentir uma necessidade autêntica de defendê-la; o diálogo, para ele, só pode ser tático, não poderia dizer respeito ao próprio ser de uma obra que ele pode esquecer, mas nunca *remanejar*; terrorista quando a escreve, torna-se liberal quando a entrega: ao mesmo tempo radical e indiferente, ele é duas vezes estranho ao diálogo – agressivamente quando cria, passivamente quando essa criação caiu no passado, para ele.

Como instituição social, a mesa-redonda tende, evidentemente, a edulcorar esse conflito. A operação consiste em restabelecer o contínuo artificial da personalidade, em fazer a criação depender de uma fé, portanto em torná-la passível de julgamento, de uma profissão, em suma, em naturalizar os limites terríveis do ato de escrever: faz-se de conta que o escritor pode exprimir-se indiferentemente em várias linguagens, como se fosse possível atribuir à palavra, sobre o mesmo assunto, mas segundo as necessidades da causa, ora a função de expressão, ora a função de comunicação. É este o mito da mesa-redonda: que a própria matéria da solidão se transforme, magicamente, no objeto de uma convenção liberal, que a criação se torne *conversa*. *"Um drama entre Pingaud e Robbe-Grillet? Não, uma simples conciliação"*, diz a legenda de uma fotografia em que se vêem os dois escritores debruçados sobre o texto do debate. Está aí uma boa definição do diálogo entre escritores: uma conciliação de solidões, expeditamente despachada graças a uma daquelas preciosas *conjunções* que são um modo elegante de desembaraçar-se do outro para voltar a si mesmo (*de fato, de acordo, no entanto*).

O diálogo não é apenas vão: escrito, degrada a escrita. Ainda passa quando o escritor fala (no rádio, por exemplo) – sempre se pode apreender alguma coisa de seu alento, da matéria de sua voz; mas o fato de essa fala ser depois reconvertida em escrita, como se a ordem e a natureza das linguagens fossem indiferentes, e essa escrita, por uma ilusão suplementar, ser submetida a uma correção *séria* (como dizem *Les Lettres françaises*), nada mais é que produzir uma escrita espúria e insignificante, que não tem nem a distância marcante da coisa escrita, nem a pressão às vezes poética da coisa falada. Em suma, toda mesa-redonda extrai do melhor dos escritores a pior de suas falas: o discurso. Ora, fala e escrita não podem intercambiar-se nem acoplar-se, pois o que há entre elas é simplesmente algo como um desafio: a escrita é feita de uma recusa de todas as outras linguagens. A conversa *transcrita* joga hipocritamente com essa recusa: por mais inconseqüente que pareça (esses debates não serão as escórias inevitáveis do ofício de escritor?), implica uma filosofia natural da Literatura, como se o escritor fosse habitado pela verdade e pudesse escolher o modo cotidiano de exprimir-se, ora em estilo romanesco, ora em conversas faladas, ora em discursos escritos, assim como uma bela mulher escolhe o seu *tailleur* da manhã, segundo o tempo, o humor, as circunstâncias. Inverte-se assim a estrutura ética da criação; postula-se que há *um* conteúdo e *várias* formas, mais ou menos custosas (cujo episódio consolidado seria a conversa transcrita), ao passo que a Literatura é fundamentalmente inversão da linguagem, visto que nela a forma é singular, e os sentidos, inúmeros. Escrever é, literalmente, *paradoxal*: é sempre pegar a verdade de viés. Gravar uma fala e depois escrevê-la é fazer trapaça com o ser do escritor, é prescindir do silêncio que ocupa seu centro como o caroço um fruto.

Que o *nouveau roman* reflita sobre si mesmo, que se defina contra seus adversários por meio dessa reflexão é o triunfo necessário sobre o obscurantismo geral que quer sempre nos apresentar o escritor como um ser inspirado, ou seja, um idiota. Mas esse segundo canto só poderá convencer se for desenvolvido com a mesma seriedade, no mesmo modo da obra que pretende comentar: a reflexão sobre a escrita só pode ser escrita. Um escritor pode, a rigor, falar de suas lembranças, de seus projetos, enfim de sua contingência, sem nada degradar de si mesmo: ele só pode falar sua fala na própria espessura dessa fala. As únicas *explicações* de escritores que nos tocam vêm em geral de além-túmulo: é o *Diário* de Kafka, o Diário de Pavese. A complacência do *nouveau roman* em falar-se, de modo leviano e ambicioso, por meio de diálogos inúteis e falsos, contradiz o caráter radical de sua ética literária, a qualidade de suas obras verdadeiras.

LETTRES NOUVELLES
25 de março de 1959
Rubrica "Mythologies"

TESTEMUNHO SOBRE ROBBE-GRILLET

No ativo de Robbe-Grillet eu lançaria o seguinte: ele limpou de adjetivos a escrita romanesca e, com isso, tentou perturbar o leitor de romance num dos hábitos em que ele mais condescende. Uma descrição tradicional – aquela sobre a qual não nos interrogamos – é entulhada de valores parasitas: sob a tirania do "bem-escrever" (palavras acompanhadas de adjetivos rebuscados, anotações metafóricas, expressões felizes, achados etc.), as coisas, na literatura tradicional, deixam de ser as coisas e passam a ser objetos confusos, situados sem rigor no cruzamento de várias consciências, de várias percepções, de várias memórias. Robbe-Grillet tentou redescobrir uma função *possível* da linguagem, que é a de abstrair: não tentou fazer ver (como se tem feito há cento e cinqüenta anos em literatura), mas fazer existir; quis que as coisas do romance fossem, e não que fossem alguma coisa – que o céu fosse, e não que fosse profundo ou claro ou tormentoso. Donde uma visão baseada numa pura relação dos objetos entre si, pois só a evidência de uma função espacial (e mesmo em seu caso: espacial e temporal) pode vencer a teimosia das coisas a tornarem-se familiares através de um cortejo de adjetivos.

De nada adiantaria acusar Robbe-Grillet de escrever uma literatura reacionária, pretextando que ele lança sobre o mundo um olhar "desumanizado"; primeiro, porque sua visão, apesar de não romântica, é perfeitamente "humana": é o olhar de um homem que constrói esse mundo de objetos, tão "projetados" quanto os de um pintor; e é a atividade de um espírito que constrói, por assim dizer, essa "ausência" de significações; depois, porque a literatura, pelo menos na escala da história que conhecemos, é constitutivamente reacionária; não só por estar afastada de todo e qualquer "fazer", mas também por se definir inteiramente, mesmo dentro de um projeto progressista, pela construção de essências, pela representação de coisas que *são*, e não que *vêm a ser*. Não, o que se pode perguntar a Robbe-Grillet é o que ele vai fazer com esse poder que tentou ganhar sobre as "coisas", ou, mais exatamente, sobre as "palavras-coisas": pretende continuar a fazer "textos" ou começar a fazer "romances"? Se tem pretensão ao romance, será para contar o quê? Como tenciona agir para conciliar narrativa e visão? Pois é no plano do assunto, do argumento, da anedota, que as dificuldades começam: a fabricação de uma visão "pura" impede de recorrer a um saber obrigatoriamente impuro do leitor; sem "impureza" não há "história" e sem história não há romance, apenas uma composição verbal, análoga aos textos de Mallarmé, não às obras de Stendhal.

Mas, ao que parece, Robbe-Grillet já respondeu: ao concordar em "fazer" um filme, ele, o escritor da pura visão verbal, assumindo integralmente a obra de Resnais (ver o prefácio à sinopse de *O ano passado em Marienbad*), optou por reintegrar uma literatura de adjetivos, por mais belos que sejam: ele, que queria que as coisas *fossem*, sem atributos, sem apêndices, sem harmônicos, aí está a reconhecer-se um *universo* provido "de uma solidez um tanto cerimoniosa, de certa lentidão, de um senso teatral etc."; ao contar *uma* história – de amor, morte, sonho, adultério, pouco importa –, fez uma opção contra todas as outras histórias do mundo, possibilitando-nos assim preferir o mundo a *essa* história: sua literatura deixa de ser ontologicamente reacionária e passa a sê-lo ideologicamente.

CLARTÉ
dezembro de 1961

AS DUAS SOCIOLOGIAS DO ROMANCE

Há alguns anos, Lucien Goldmann edificava, à luz de Lukács, uma sociologia da tragédia, ou pelo menos da visão trágica. Para um autor munido de um método original, sempre constitui prova difícil passar para uma segunda demonstração; ora, parece que Goldmann está superando essa prova; apoiando-se, desta vez, nas análises de René Girard (*Mensonge romantique et vérité romanesque*), que, aliás, coincidem no essencial com as de Lukács, Goldmann trabalha atualmente numa sociologia do romance cuja idéia diretiva nos dá ao longo de três fragmentos, reunidos num número especial da *Revista do Instituto de Sociologia da Universidade Livre de Bruxelas*: *Problèmes d'une sociologie du roman*;

além de um texto de Lukács e de excelentes análises de R. Girard, E. Köhler e M. Bernard, encontra-se, do próprio Goldmann, uma teoria geral da sociologia do romance, um estudo dos romances de Malraux e um enquadramento sociológico das obras de Nathalie Sarraute e Robbe-Grillet.

Há já certo tempo os críticos (ou os historiadores) relacionam literatura e sociedade. Goldmann, com Lukács e Girard, contribui com a primeira especificação dessa relação: vê o romance como uma "forma" (oposta, por exemplo, à forma trágica ou à forma épica). O que é forma para Goldmann? É o que outros chamariam conteúdo; mas como esse conteúdo é típico, constante em sua generalidade, através de uma infinidade de anedotas, funciona como uma fórmula, que vem a ser saturada por histórias bem variadas; o romance é, com efeito, "a história de uma procura degradada de valores autênticos num mundo inautêntico"; essa procura é feita por um herói, que Lukács chama de *demoníaco* e Goldmann, de *problemático*; o herói romanesco sabe que vive num mundo inautêntico, dentro do qual sente sua própria autenticidade; mas (ao contrário do herói trágico) não toma consciência clara da contradição (e de seu caráter insolúvel); isso explica por que o herói romanesco precisa de certa comunhão com o mundo, mas, apesar disso, afirma o tempo todo a sua ruptura (é o caso, parece, dos grandes protagonistas romanescos, de Julien Sorel ao Narrador de Proust): é um ser ao mesmo tempo participante e não participante. No entanto, uma situação psicológica não basta para constituir uma forma literária: esta só nasce a partir do momento em que o romancista se desliga um pouco de seu herói e supera sua consciência (ou inconsciência) com um ato de *ironia* (Lukács) ou de *humor* (Girard).

Essa é a "forma" do romance. Sobre essa forma apresentada (Goldmann também a chama de estrutura), cabe saber a que sociedade corresponde e sobretudo *como* corresponde. Há já certo tempo desconfia-se que o romance, em seu período de florescimento, é o gênero por excelência da sociedade capitalista; mas esse tipo de equação foi sempre decepcionante até agora, em razão de seu caráter ao mesmo tempo vago e mecânico. Goldmann, ao que parece, renova profundamente o problema, radicalizando-o (esse é muitas vezes um bom meio de escapar aos impasses metodológicos); a crítica marxista (ou simplesmente histórica) sempre estabelecia entre a sociedade e a obra a concatenação de uma consciência coletiva, espécie de espelho de duas faces, posto entre a estrutura econômica e a estrutura estética.

Goldmann elimina essa concatenação, ou pelo menos utiliza essa concatenação, ora presente, ora ausente, para esboçar uma tipologia interior à forma "romance". Nos romances de herói problemático (de que Goldmann mais trata), há coincidência direta, imediata, entre a estrutura econômica e a estrutura romanesca, entre a inautenticidade do mundo em que vive o herói e o reino onipotente de uma economia em que os valores de troca ("reificadores") suplantaram os valores de uso, aos quais o criador e seu herói continuam, porém, vinculados; de Stendhal ao primeiro Malraux, esse tipo de romance corresponde ao desenvolvimento da burguesia, mas não é de modo algum a expressão da consciência coletiva burguesa.

Para encontrar essa concatenação da consciência coletiva (ou consciência de classe), Goldmann sugere um segundo tipo de romance, como os de Balzac, por exemplo, em que os valores conscientes da burguesia (individualismo, dinheiro, erotismo) constituem a própria autenticidade do mundo e eliminam, por isso mesmo, o herói problemático (os raros heróis balzaquianos, como Rastignac, de fato estão de acordo com sua sociedade).

Essa é, simplificada ao extremo (desconfia-se), a sociologia do romance proposta por Goldmann. Ressalvas? Trata-se de um trabalho em plena arrancada, de uma inteligência profunda, generosa, e só podemos deixar-nos levar, sem vontade alguma de reter ou polemizar; mas restam perguntas, talvez, ou pelo menos, uma pergunta: crítica é uma questão de "nível de percepção"; o nível no qual se situa Goldmann é essencialmente ideológico: nessa macrocrítica, que é feito da *superfície* verbal da obra, desse corpo perfeitamente coerente de fenômenos formais (no sentido mais exterior do termo), escritas, retóricas, modos de narração, técnicas de percepção, critérios de notação, que também *fazem* o romance? A "forma" de Goldmann parece, paradoxalmente, deixar de lado "as formas", como se toda a especialidade literária do romance fosse esgotada por essa passagem do abstrato para a narrativa, em que Goldmann a faz consistir.

Em outras palavras, o projeto ético do romancista, mesmo – e sobretudo – se aceitarmos o modo como Goldmann o considera, só pode encontrar, *justamente para tornar-se mediato*, aquilo que chamaremos aqui um *imaginário*, ou seja, definitivamente uma *linguagem*, e essa linguagem também demanda sua sociologia. Seríamos assim levados a conceber hoje duas críticas (ou duas sociologias) complementares: uma crítica ideológica, que eu chamaria de *semântica*, porque trataria do conteúdo (que Goldmann chama "forma"), e uma crítica *semiológica*, pois trataria das "formas"; poderíamos chamar essa sociologia das formas de *sócio-lógica*, uma vez que tentaria tratar da maneira eminentemente significante com que os romancistas *classificam* suas falas.

Essas duas sociologias podem coexistir? Colaborar? Entrar, por assim dizer, em função? O que se pode dizer é que a segunda, sendo uma atividade classificadora, não teria, acredito, nenhuma dificuldade para reconhecer o lugar e a importância (se não a verdade) da primeira.

FRANCE-OBSERVATEUR
5 de dezembro de 1963

ALAIN GIRARD: "DIÁRIO ÍNTIMO"

O diário íntimo é um gênero paradoxal: concebido como exercício escrito da subjetividade mais pura, mais livre, recusando-se por natureza a todas as codificações da obra (ficção, construção, bom estilo), indiferente – para não dizer recalcitrante – à publicação (pelo menos na origem), é exatamente, em seu princípio, um desafio à literatura; feito para ocupar o estreito espaço que separa escritura e obra, nem por isso deixou de constituir-se rapidamente, sob a pressão da história e da sociedade, em gênero plenamente literário: o paradoxo do diário íntimo é precisamente o de ser um gênero; como esse gênero une o mais social (o que há de mais social que uma obra publicada?) ao mais individual (visto que todas as formas de obra são aqui recusadas), é normal que a exploração desse paradoxo tenha tentado um sociólogo: normal e no entanto feliz, pois os fenômenos literários não se prestam facilmente à análise sociológica, que, no mais das vezes, ou fica aquém de seu objeto (quando só estuda públicos) ou vai além dele (quando interpreta conteúdos). Por isso, devemos ser gratos a Alain Girard por ter desejado fazer uma análise metodologicamente equilibrada do diário íntimo; sua obra situa-se na intersecção da crítica literária com a análise sociológica e a explicação psicossociológica. Donde a largueza de visão desse estudo e, por assim dizer, sua grande generosidade intelectual.

O estudo de Alain Girard é construído em forma de tríptico: uma parte monográfica, constituída pela análise dos principais diários íntimos do século XIX (Maine de Biran, Joubert, Constant, Stendhal, Maurice de Guérin, Vigny, Delacroix, Amiel), é emoldurada por duas partes mais gerais. A primeira é constituída por uma sociologia do gênero; nela, o autor define o diário íntimo em relação aos gêneros próximos (crônicas cotidianas, memórias, confissões, reminiscências, correspondências, apontamentos, cadernos e romances pessoais) e põe ordem na cronologia do gênero, nascido por volta de 1800, na qual ele distingue três grandes períodos: de 1800 a 1860, os autores conservam o diário para si, sem intenção de publicação (é o período estudado principalmente por Alain Girard); de 1860 a 1910 mais ou menos, os primeiros diários, publicados, divulgados, garantem o sucesso do gênero, bastante praticado: o autor ainda não publica, mas sabe que será publicado; finalmente, de 1910 aos nossos dias, o gênero desabrocha: os eruditos publicam edições integrais (se possível) dos primeiros diários, e os próprios autores entregam o diário enquanto vivos. Essa história é completada (parte valiosa) por uma sociologia dos intimistas: origens geográficas (trata-se, em geral, de provincianos que enfrentam problemas de adaptação a Paris), origens sociais (burguesia incompletamente satisfeita pelo poder), situação parental (morte prematura da mãe), educação religiosa (católica ou protestante, mas deixando o homem mal integrado no sistema religioso definido), estatuto familiar (casamentos normais, em que o lugar da esposa, porém, fica apagado, exceto no caso de Michelet, como se houvesse uma espécie de rivalidade entre o diário íntimo e a esposa), profissão (o intimista muitas vezes está em situação de fracasso social), constituição física (longevidade relativamente breve), caráter (predominância do tipo sentimental: emotivo, inativo, secundário). Essa enumeração mostra o cuidado com que Alain Girard se aplicou a delimitar os dados sociológicos da experiência intimista, que, como se vê, está de ordinário submetida a um clima geral de malogro e frustração (essa generalização, é claro, exige nuances que o autor nunca deixa de ressaltar).

Falei de *dados* sociológicos; falta saber como o indivíduo assume esses dados; é o que Alain Girard examina na terceira parte de sua obra: trata-se de uma psicossociologia do intimista, construída em torno da noção de pessoa, que sempre interessou muito a sociólogos e etnólogos. Quais são as relações *vividas* entre o diário e a idade (adolescência, sobretudo)? A solidão? A felicidade? O corpo? A memória? O sentimento de culpa? A loucura? Quais são as funções do diário em relação àquele que o escreve (terapêutica, ética, estética, religiosa)? Alain Girard, assim, vai discriminando aos poucos aquilo que se poderia chamar de *existencialidade* do diário íntimo, que constitui certamente seu traço específico: basta lembrar, com Alain Girard, que as resistências ao diário íntimo foram essencialmente de ordem racionalista, intelectualista ou confessional. Essa existencialidade é totalmente definida por certa relação com outrem: o sentimento de fracasso é um sentimento social, lembra Alain Girard, que utiliza muito bem essa formulação da psicologia social para mostrar que o intimismo é, à sua maneira, uma conduta social, cuja função é dar ao sujeito uma imagem substitutiva da obra: o diário íntimo tem origem numa dúvida generalizada, mas, à medida que essa dúvida é escrita, já é ação.

Além do interesse propriamente sociológico, o livro de Alain Girard traz muitos elementos (materiais e observações de grande perspicácia) para essa disciplina que na verdade é desconhecida na França, mas já praticada por alemães e anglo-saxões, e que se poderia chamar de teoria da literatura. Em outras palavras, muitas observações de Alain Girard dizem respeito a essa questão que, entre nós, os historiadores da literatura deixam por conta dos filósofos: o que é literatura? Entre muitas observações pertinentes, destaco duas sugestões importantes, porque me parecem atuais. O autor nota (p. XIV) que a escrita foi ganhando lugar cada vez maior em nossa sociedade, mas que essa importância tem, paradoxalmente, por corolário um sentimento de extrema dificuldade; *dificuldade de escrever* poderia de fato ser o título do capítulo que uma história universal da literatura dedicaria ao nosso tempo; essa dificuldade, evidentemente, tem como primeiras testemunhas os intimistas; mais uma vez, o diário íntimo ajuda a compreender essa má consciência geral do escritor moderno, que certamente está ligada à história ideológica da burguesia. A crítica também poderia tirar proveito de outra observação de Alain Girard, segundo a qual é preciso resistir à vontade de arrancar ao diário íntimo o seu "segredo" a qualquer custo. Haverá afinal um "segredo" do indivíduo? O verdadeiro problema crítico não é conhecer o motivo oculto de uma vida (pois a vida do intimista é, em suma, sua obra), isso seria uma procura ilusória, pois os homens são obscuros por complexidade, não por segredo, mas sim encontrar o sentido que um autor pode dar a essa busca incessante que é o ato de escrever. Em outras palavras, diante de todo escrito íntimo (e talvez diante de toda obra), a pergunta não é: o que o autor esconde de nós?, mas: por que ele escreve? Observação metodológica preciosa, que deveria afastar a crítica da tentação de se pensar como a descoberta de uma verdade oculta, enfim como uma hermenêutica.

A obra de Alain Girard trata sobretudo dos primeiros intimistas, de Maine de Biran a Amiel. Embora o gênero ainda seja florescente pelo interesse de leitura que desperta, pode-se arriscar dizer que a literatura de hoje (pelo menos a que procura formas novas) já não lhe atribui muito crédito; são sobretudo escritores de uma geração já antiga (Mauriac, Green) que ainda mantêm seu diário; como de hábito, no momento em que é amplamente aceito pelo público, o gênero entra em crise entre os criadores. Isso certamente convidaria a um segundo trabalho, que deveria basear-se na situação inteira de nossa literatura, pois cada vez menos é possível tratar os gêneros literários cada um por si: quantos textos atuais não se classificam em nenhum gênero definido? É provável que aqui caiba distinguir duas vias de evolução. Por um lado, o diário íntimo, tal como definido por Alain Girard, tornou-se impossível (quero dizer, entre criadores novos); a razão disso é bem clara (e corrobora inteiramente a ligação estabelecida por Alain Girard entre o diário íntimo e a noção de pessoa): o *ego* já não pode ser narrado porque já não é reconhecido como uma entidade (por mais difícil de apreender que tenha parecido aos intimistas): o que é o *Eu*? Nenhum escritor de vanguarda gostaria de responder a essa pergunta ("*Matar-se? Mas quem se mata, se se mata? Quem mata a si? Que é 'quem' ali dentro?*", diz Philippe Sollers em seu último romance, *Drame*). Está claro que já não é por razões de moral ou de estética que o escritor não fala de si na primeira pessoa; é porque o ego já não tem o *status* de objeto psicológico: diante da problemática da pessoa, acionada pelo diário íntimo, a literatura contemporânea, pelo menos em sua vanguarda, tem por subentendida a verdade das experiências de despersonalização; por motivos evidentemente contrários, ela poderia, contra o diário íntimo, acatar o preceito de Aristóteles, segundo o qual o homem não deve falar nem de si nem dos outros; isso permite, aliás, que a literatura atual ponha entre parênteses o problema da sinceridade, questão crucial do diário íntimo, como ressaltou várias vezes Alain Girard em sua obra.

No entanto, se o intimismo do diário hoje é impossível, há outra característica sua de grande sucesso: a *reflexividade*; entendo com isso o poder que tem a escritura de refletir sobre si mesma; nossa literatura é cada vez mais uma literatura que fala de literatura, uma linguagem que se exprime sobre a linguagem, para perguntar-se em que condições ela é possível, extraindo desse jogo vertiginoso verdades novas, em concordância com o que é descoberto pela psicanálise e pela lingüística. Não há dúvida de que o diário íntimo, por mais marcado de psicologismo que pareça agora, está na origem dessa *reflexão* (a tomar-se esta palavra no sentido óptico, e não no sentido mental); se o diário íntimo já não é praticado pelos escritores novos, em parte é porque todos os textos deles são constituídos por uma observação da linguagem, que é uma maneira de diário, ainda que os momentos de anotação já não sejam cotidianos. Em suma, diários íntimos e textos atuais poderiam ambos tomar por divisa estas palavras de Pascal (cito de memória): "*Eu tinha um pensamento; esqueci-o; escrevo, em vez dele, que o esqueci.*" O diário íntimo, fortemente marcado por uma psicologia da pessoa e pelo desejo de escapar de algum modo à literatura, no fundo nada mais é que o momento inicial de uma história que conduz hoje a uma literatura despersonalizada; aclarando perfeitamente esse momento, Alain Girard permite-nos ler melhor essa vasta dialética que une o escritor contemporâneo a seu passado.

L'ANNÉE SOCIOLOGIQUE
1966
Sobre o livro de Alain Girard, Le Journal intime, *Paris, PUF,* 1963.

VIDAS PARALELAS

Nada, à primeira vista, predispõe a vida de Proust ao prestígio das grandes biografias. Não é uma vida adolescente (Rimbaud), aventureira (Byron), titânica (Balzac) ou trágica (Van Gogh); é a vida de um filho de família mundana, ociosa, rica (e todos sabem como somos desconfiados, hoje, quando o assunto é o dinheiro do escritor), cujo cenário, meio haussmanniano[1], meio normando, é o cenário de uma história burguesa, ordinariamente ironizada com o nome de "*belle époque*", que é mais matéria de filmes do que substância literária. No entanto, ocorre que a vida de Proust é

1. Referência às transformações urbanísticas promovidas pelo barão Georges Eugène Haussmann, entre o fim do século XIX e o início do século XX. (N. da T.)

apaixonante, como provam o succsso do livro dc Painter e o prazer intenso, único mesmo, que ele nos proporciona. Por quê?

Certamente a obra de Proust já tem alguma relação imediata com o gênero biográfico, pois essa obra única, essa suma, é a narrativa de uma vida que vai da infância à escrita literária, de tal modo que Marcel e seu narrador são mais ou menos como aqueles heróis da Antiguidade, que Plutarco emparelhou em suas *Vidas paralelas.* Mas aqui surge um primeiro paradoxo, afinal de contas decepcionante: tomadas em sua extensão (e não em sua substância), as vidas paralelas de Proust e de seu narrador só se encontram em raríssimos pontos; o que ambas têm em comum é uma série muitíssimo elementar de acontecimentos, ou melhor, de articulações: um longo período mundano, um luto violento (mãe ou avó), um retiro forçado (numa casa de saúde), um isolamento voluntário (no quarto forrado de cortiça), destinado à elaboração da obra. Esses pontos comuns têm a mesma posição na duração da obra e da vida, mas é preciso reconhecer que não desempenham o mesmo papel: a morte da mãe provocou uma divisão decisiva na vida de Proust; a da avó nada muda na existência do narrador, cuja tristeza é transferida para a mãe (substituição, aliás, enigmática sobre a qual caberia indagar-se); por outro lado, o retiro forçado de Proust é bem curto (algumas semanas numa clínica de Bolonha), enquanto a do narrador (em *Le Temps retrouvé*[2]) é bem longa, pois ele descobre, em seguida, um mundo estranhamente vestido pela máscara da velhice. Em suma, entre a vida vivida e a vida escrita, não há analogia, mas apenas homologia. Temos aí dois esboços que parecem interligados segundo certa relação de alusão, mas essa relação é sempre opaca: ou demasiadamente clara ou demasiadamente profunda. Então, donde vem o enigma dessas duas vidas paralelas? Mais uma vez, por que podemos ler a vida de Proust com o mesmo tipo de avidez com que "devoramos" uma história?

A verdade é que, paradoxalmente, a vida de Proust obriga-nos a *criticar* o uso que de ordinário fazemos das biografias. Habitualmente, consideramos que a vida de um escritor deve nos informar sobre sua obra; queremos encontrar uma espécie de causalidade entre as aventuras vividas e os episódios narrados, como se umas produzissem as outras; acreditamos que o trabalho do biógrafo autentica a obra, e esta nos parece mais "verdadeira" se nos mostram que foi vivida, tão tenaz é o nosso preconceito de que a arte, no fundo, é ilusão, e de que, sempre que possível, é preciso lastreá-la com um pouco de realidade, um pouco de contingência. Ora, a

2. Trad. bras. *O tempo redescoberto*, São Paulo, Globo, 13ª ed., 1998. (N. da T.)

vida de Proust obriga-nos a inverter esse preconceito; não é a vida de Proust que encontramos em sua obra, *é sua obra que encontramos na vida de Proust.* Ler a obra de Painter (que tem como qualidade a extrema transparência) não é descobrir a origem da *Busca*, é ler um duplo do romance, como se Proust tivesse escrito duas vezes a mesma obra: no livro e na vida. Não nos dizemos (pelo menos foi isso que senti): Montesquiou é decididamente o modelo de Charlus, mas ao contrário: há algo de Charlus em Montesquiou, há algo de Balbec em Cabourg, há algo de Albertine em Agostinelli.

Em outras palavras (pelo menos em Proust), não é a vida que informa a obra, é a obra que irradia, explode na vida e nela dispersa os mil fragmentos que parecem preexistir-lhe. Doäzan, Lorrain, Montesquiou, Wilde não *compõem* Charlus, é Charlus que fervilha e germina nessas figuras reais, de número aliás variável, que cada biografia aumenta maliciosamente. Ora, essa leitura paradoxal está em conformidade com o que entrevemos da filosofia de Proust (sobretudo desde o livro de G. Deleuze sobre *Proust e os signos*): o mundo proustiano é um mundo platônico (muito mais que bergsoniano), é povoado de essências, e são essas essências que se dispersam na obra e na vida de Proust: a essência (Charlus, Balbec, Albertine, a "pequena frase") fragmenta-se sem se alterar, suas parcelas indiminuídas vão alojar-se em aparências sobre as quais, afinal, pouco importa saber se são fictícias ou reais.

Entendemos então como é inútil buscar as "chaves" da *Busca*. O mundo não fornece as chaves do livro, é o livro que abre o mundo. É verdade que a própria vida de Proust oferece um campo privilegiado para a dispersão das essências, mas esse campo não é o único possível. Cada uma de nossas vidas particulares pode oferecer-se para receber as essências proustianas; daí o sentimento constante de encontrar o mundo de Proust em nossa vida (assim como Swann via a *Caridade* de Giotto ou o doge Loredan de Rizzo na empregada que limpava aspargos ou no seu cocheiro Rémi). Quem não encontra ainda hoje, em 1966, ao seu redor, o senhor de Norpois discorrendo sobre literatura ou Octave, jovem inculto mas competente em bares, esportes e roupas? A verdade de Proust não vem de uma cópia genial da "realidade", mas de uma reflexão filosófica sobre as essências e a arte. Por isso, apesar do paradoxo, quando o leitor lê a vida de Proust, não como algo anterior, mas ulterior à sua obra, é ele que tem razão, e não o crítico que tentasse explicar a obra de Proust por sua vida.

Pode-se enunciar de outro modo esse paradoxo biográfico: as vidas de Marcel e do narrador constituem dois planos oferecidos à dispersão das mesmas essências; mas o que não é paralelo entre elas, porque algo único, unido, idêntico, é a escrita: é aí que as paralelas se encontram. Quando Marcel se fecha no quarto forrado de cortiça, é para escrever; quando o narrador diz adeus ao mundo (durante a *matinée Guermantes*), é para, finalmente, começar seu livro. Em outras palavras, é só então que as duas vidas paralelas casam indissoluvelmente suas durações: a escrita do narrador é literalmente a escrita de Marcel: não há autor nem personagem, só há uma escrita.

LA QUINZAINE LITTÉRAIRE
15 de março de 1966
Sobre o livro de George D. Painter, Marcel Proust 1871-1903: les années de jeunesse, *Mercure de France, 1966.*

EDOARDO SANGUINETI

Vivemos sob o impacto de uma evidência nova, surgida com Marx, a saber, que o mundo capitalista, o mundo moral, nosso mundo, é literalmente *abjeto*: deve ser rejeitado. O marxismo pôs em nosso caminho a pedra monumental da recusa, que nenhum escritor pode evitar, remover ou virar. É verdade que a literatura, por essência crítica, disse em todos os tempos o que "não vai bem" no mundo; no entanto, a partir do desvendamento marxista (revolucionário, e não mais reformista; em suma: total), a própria forma do escritor deverá, cedo ou tarde, ser alvo de sua crítica do mundo: a língua com a qual se recusa, vindo daquilo que se recusa, deve também ser recusada. É em função dessa dificuldade capital que toda obra moderna, ao que parece, deve ser lida, buscada, julgada e amada.

Tomando na mesma mão (na mesma escrita) o mundo por destruir, a destruição desse mundo e a destruição dessa destruição (pois o que destrói é sempre cúmplice do que é destruído), Edoardo Sanguineti faz, desse impossível circuito, a sua obra: por um lado, rejeita a arte realista, comprazendo-se em descrever a sujeição capitalista na própria língua da ordem burguesa, e por outro lado liberta, explora as palavras, as imagens, mistura os sentidos poéticos e os gêneros romanescos, sob a aparência de um clássico empreendimento de vanguarda; mas aqui a libertação não é ingenuamente positiva, ganha algo de tortuoso, invertido, enfim de dialético: o babelismo lingüístico e imaginário que Sanguineti compõe visa a copiar de modo paródico o caos profundo do mundo neocapitalista; mas, ao mesmo tempo, essa linguagem não pode desordenar-se sem libertar algo desconhecido; daí que, através de um barroco crítico, dá-se uma descida libertadora para o crisol (diremos: Inferno?) dos sentidos primitivos, das imagens essenciais, das figuras inconscientes, das conexões alquímicas, eróticas, oníricas. Sanguineti produz assim uma escrita dupla (marcada pela duplicidade), que ironiza a ordem, mas também desordena a ironia, destrói a retórica, mas também exalta a figura: escrita carnavalesca, "menipéia", segundo expressão de Bakhtin, pois substitui alegremente o silogismo terrorista da sociedade burguesa pelos encadeamentos transfinitos de uma lógica dupla, ainda desconhecida, a não ser, precisamente, pelos grandes precursores.

Sanguineti pertence por isso ao pequeníssimo grupo de escritores realmente audaciosos que, procurando a verdade de seu mundo (que não é qualquer mundo) na explosão paródica das formas, acabaram por abalar a (boa) consciência e a (má-)fé da literatura soberbamente progressista: praticando a fundo a escrita, reduzindo de novo – segundo palavras de Dante citadas pelo próprio Sanguineti – a distância entre *dir* e *fatto*, escrevem enfim a literatura revolucionária de um mundo que não o é.

Catálogo Feltrinelli (100 narratori di Feltrinelli), *maio de 1967. Feltrinelli era editor de Edoardo Sanguineti. Texto inédito em francês.*

PREFÁCIO [AO TOMO VIII DA *ENCICLOPÉDIA BORDAS*]

Uma Enciclopédia é, segundo dizem, um livro de saber. Mas o que é saber em literatura? Se a ciência física muda e às vezes se desmente, segundo a época e a sociedade, com mais razão a ciência literária. As definições de calor e luz podem variar, mas pelo menos se pode tratar regularmente desses fenômenos através de seus efeitos, que são constantes, portanto observáveis, computáveis, explicáveis. O texto literário, por sua vez, não é um fenômeno, e abordá-lo por seus efeitos seria ridículo. Sabe-se com certeza o que acontece se for extirpado o fígado de uma pessoa, mas se o corpo social fosse amputado da *Divina comédia*[1] ou de *Ulisses*[2], o

1. Trad. bras., São Paulo, Editora 34, 1998, 3 vols. (N. da T.)
2. Trad. bras., Rio de Janeiro, 12ª ed., 2000. (N. da T.)

que aconteceria? Certamente seria lamentável, mas em nome de que *funcionamento*? A bem da verdade, sabe-se cada vez menos como definir a literatura. Por sua *estrutura*, ou seja, pela combinação de um conteúdo e uma forma? Essa divisão é também muito discutida: o "fundo" de uma obra é infinito, está sempre recuando, e as técnicas modernas de análise sempre só mostram novas formas de conteúdo. Por sua *função*, antropológica ou social? Essa função é incerta, hoje não se sabe ao certo se a literatura serve simplesmente para instruir, distrair, ou mesmo para exprimir, representar, refletir; não há justificação teleológica: a literatura talvez não sirva para nada. Por seu *valor* (estético, moral, filosófico)? Acreditou-se por muito tempo, e ainda se ensina, que a literatura é uma das instituições "nobres" das sociedades com escrita, uma das formas maiores do humanismo, assim como a religião e a arte; mas a modernidade tende a desvincular o literário do humano (denunciado como uma mistificação) e a igualar o texto, o poema, a escrita ou o ato teatral às subversões mais fortes que a humanidade possa ousar. Assim, tal qual a nau Argo, que mantinha sempre o mesmo nome, ainda que todas as suas peças fossem trocadas aos poucos, a literatura no fundo nada mais é que o nome estável de uma fuga incessante de conceitos, formas, experiências.

Por falta de melhor opção, há pouco mais de um século reduz-se esse saber literário – impossível – a um saber histórico, pois a história soube tornar-se ciência. Escrevem-se *Histórias da literatura*; ensina-se essa História na escola, ela é praticada na chamada cultura de massa (biografias romanceadas, jogos de televisão etc.). Mas essa História também é muito reduzida; é uma história – se assim se pode dizer – homogênea, fechada em si mesma, numa palavra, *filial*, pois estabelece linhagens de objetos idênticos (autores, obras, escolas), que parecem engendrar-se mutuamente de modo regular, mediante alguns "saltos" dados, de tempos em tempos, pelo gênio. A partir do momento em que se tenta relacionar essa história particular com a história total – e sabemos que hoje já não podemos conceber a totalidade histórica sem a fundamentar econômica e socialmente –, surgem dificuldades enormes: só para falar da sociedade européia, qual foi, qual é a função econômica da literatura? Que tipo de mercadoria pode representar a obra, o poema? Por que é objeto de troca? Quais são as relações entre a produção literária (a dos escritores) e a classe do poder? Ambíguas, decerto, pois freqüentemente a literatura é, ao mesmo tempo, servil e contestadora; mas até agora essa dialética foi raramente explorada. De maneira geral, parece muito difícil recolocar o fato literário – muito amplo, pois vai da produção de uma mercadoria à estrutura de um objeto – num circuito de causas: pode-se descrever a literatura, não se pode explicá-la; nesse sentido, seria possível dizer que, para o erudito, ela continua tão determinada quanto a matéria; e assim como as mais recentes teorias da física vêm abalar o seu conceito de determinação, de filiação, também a literatura, ou pelo menos sua teoria, não pode deixar de abalar os conceitos de história e origem – motivo pelo qual, aliás, ainda é banida, prudentemente, das chamadas ciências humanas.

Se a literatura resiste assim ao saber – ultrapassando-o ou frustrando-o –, é provavelmente por uma razão lógica muito simples: a própria literatura é um saber. Somemos mentalmente todos os conhecimentos enunciados, mobilizados, organizados, em todos os níveis, pelas obras de nossa literatura: a massa produzida será enorme e realmente enciclopédica; semelhante ao curinga, que num jogo de cartas substitui à vontade qualquer valor, segundo as necessidades da partida, a literatura pode substituir cada uma das ciências do homem: ela pode fazer-se sociologia, economia, lingüística, geografia, história ou política; e esse poder enciclopédico não é reservado às grandes obras emblemáticas da humanidade, como *A comédia humana*[3], *Fausto*[4] ou o teatro de Shakespeare; um poema de Apollinaire, uma sátira de Swift, uma peça de Brecht, cada uma dessas obras,

3. Trad. bras., 17 vols., São Paulo, Globo, s/d. (N. da T.)
4. Trad. bras., *Fausto: uma tragédia*, São Paulo, Editora 34, 2004. (N. da T.)

por ser um *texto*, uma experiência de linguagem, contém forçosamente um saber múltiplo, *estrelado*, poderíamos dizer, pois se ramifica em várias direções, provém de vários campos culturais: a obra literária é sempre um compêndio de saber (incluindo-se no saber, evidentemente, os erros que o fazem progredir).

O que ilude é que esse saber não é "científico". Em primeiro lugar, o saber literário não tem por modelo nenhuma das ciências canônicas da civilização moderna, matemática ou experimental; é um saber "impuro", difuso, recalcitrante, muitas vezes paródico, que escapa às injunções dos princípios lógicos, mas que, por isso mesmo, pode lembrar-nos que a imagem que temos da ciência, por mais imperiosa e fecunda que seja, é datada; em tempos e sociedades nos quais a ciência não era separada do mito (entre os pré-socráticos, na Idade Média), a literatura tinha, de pleno direito, uma função epistemológica (a obra de Dante é o saber do mundo em sua época, que só pôde tornar-se subterrâneo com o advento da ciência galileana: poderíamos dizer que, a partir de então, a literatura passou a ser a ciência *negra*, aquela que, à margem da razão, aceita misturar-se aos mitos, às fantasias, às experiências-limite da humanidade. Além disso, esse saber literário não se enuncia por um discurso "científico". Como se sabe, nenhuma linguagem é livre, todas são codificadas; falar e escrever é, obrigatória e imediatamente, submeter-se a um código de enunciação. O da ciência é conhecido pelo caráter estrito de suas injunções: impessoalidade, racionalidade, transparência da forma em relação ao fundo etc.; sem dúvida, a linguagem literária também está submetida a um código, ou seja, a um conjunto de regras que a fazem ser reconhecida com certeza, mas esse código é múltiplo, mistura e confunde voluntariamente vários estilos, dá-se o direito de imitar, plagiar e engrenar uma linguagem à outra, sem prevenir: é o que já foi chamado de vocação "carnavalesca" da linguagem literária, que as épocas de puro classicismo tiveram o maior trabalho para conter. Poderíamos dizer, de outra maneira, que a grande diferença entre o saber científico e o saber literário é que, para o primeiro, a linguagem nunca é mais que *instrumento* de comunicação, enquanto para o segundo essa mesma linguagem é, muito mais amplamente, um campo de significações; em outras palavras, a ciência (digamos a ciência científica) não procura pensar seu próprio discurso, enquanto a literatura se constitui sempre como discurso sobre o discurso, crítica da linguagem; inclui sua própria enunciação nos problemas que traz à tona; pode-se dizer então que ela não é aparentada à ciência cientificista, mas à ciência moderna, àquela que postula, em sua atitude fundamental, a relatividade infinita de seus referenciais.

Digamos, com um pouco de provocação, que o saber científico talvez esteja se aproximando do discurso literário: para além dos algoritmos da ciência e dos preciosismos da literatura, um mesmo dramatismo apodera-se desse discurso humano que é cada vez mais obrigado a pensar-se, no momento em que quer pensar o mundo.

Entende-se, então, por que todo saber que tome a literatura por objeto é fatalmente frustrante: só pode ser um saber que trata de outro saber, e esse saber secundário, desvinculado, se quiser dobrar-se às injunções da ciência (como esta é entendida de ordinário), será necessariamente redutor: *perde de vista* a literatura, perde de vista esse plural que produz a especificidade da prática literária (leitura ou escrita) e que a torna insubstituível. Para corrigir essa falha, só haveria um meio: o crítico, o historiador, o erudito incluir seu próprio discurso no objeto de que trata, a saber, a literatura; numa palavra: fazer-se ele também escritor.

Nessas condições – aparentemente negativas – qual pode ser a função de uma Enciclopédia literária? Tudo se tornará claro, acredito, se fizermos a distinção entre a singularidade do saber e a pluralidade dos conhecimentos. Uma Enciclopédia não é um livro de saber, mas um livro de conhecimentos; ela não dá um sistema forte, capaz de circunscrever em leis, previsões e análises exaustivas todos os fatos literários; ela não tem pretensão epistemológica; sua verdade está na *medida* de seu trabalho; ela aceita de antemão o caráter fragmentário, heteróclito, plural em resumo, das informações que propõe; se organiza essas informações, é apenas para satisfazer às condições atuais da leitura, herdadas de nossa educação retórica: é um empreendimento sábio, e por isso mesmo corajoso, pois precisa aceitar cumprir várias funções ao mesmo tempo, umas modestíssimas, triviais até (lembrar uma data, por exemplo), outras um pouco vertiginosas, pois às vezes uma pequena informação acaba por dar, de repente, num grande problema metafísico e tocar vivamente, sem prevenir, a sensibilidade ideológica do leitor.

É esse plural indiferenciado de usos que uma boa Enciclopédia deve aceitar. Esta não deixa de atender, acredito, àquela vocação múltipla. Como leitor, encontrei um conjunto de "serviços" ou, se preferirem, de funções que a tornam útil, a meu ver: função de *rememoração*, no que se refere a toda a literatura francesa, aprendida na escola, mas esquecida ou – o que é pior – incompletamente apagada da memória, de tal modo que o mapa literário que temos na cabeça, desenhado por nossos esquecimentos, nossas confusões, nossos mal-entendidos, é simplesmente um mapa falso; função de *informação*, pois nós outros, franceses, conhecemos muito mal as literaturas estrangeiras; função de *cone-*

xão: generalizando, aqui e lá, sintetizando, a Enciclopédia convida a comparações com outras ciências, abre o leitor à totalidade do mundo (lendo o volume dedicado às *Leis da natureza*, fiquei vivamente impressionado com certas semelhanças entre o procedimento científico e o procedimento literário, entre a classificação de Mendeleïev e as descobertas da lingüística, entre a relatividade e certas perspectivas do estruturalismo mais recente, entre a teoria do "bootstrap", de Chew e Mandelstam, e a concepção atual do texto, da escrita); função de *avaliação*: o autor da Enciclopédia, falando necessariamente a partir de certo tempo e de certo lugar do mundo, redistribui os valores da literatura em função desse tempo e desse lugar, detectando preconceitos, criticando opiniões correntes, reduzindo superestimações, realçando obras pouco conhecidas; com moderação, participa do combate ininterrupto entre valores, combate que marca o mundo moderno desde que este deixou de ser feudal e teológico, e cujo deslumbrante teatro foi a própria literatura, objeto deste volume.

Prefácio à Encyclopédie Bordas, *tomo VIII:*
L'Aventure littéraire de l'humanité, *I, Bordas, 1970.*

ARTAUD: ESCRITA/FIGURA

Como falar de Artaud? Esta pergunta não é apenas específica (poderia ser para qualquer autor), mas é, poderíamos dizer, semelfactiva (pouco importa o cheiro científico da palavra): a impossibilidade de falar de Artaud é mais ou menos única; Artaud é aquilo que em filologia se chama de hápax, uma forma ou um erro que se encontra uma única vez em todo o texto. Essa singularidade não é a singularidade do "gênio", nem mesmo a do excesso, ela nada tem de inefável, pode até ser enunciada de modo bem racional: Artaud escreve na destruição do discurso; essa prática supõe uma temporalidade complicada: o discurso, para dar a ler a sua destruição, não pode ter sido destruído (caso em que a página estaria em branco), nem apenas ser anunciado como destrutível (isso ainda seria discurso); é preciso – escândalo lógico – que o discurso se volte o tempo todo sobre si mesmo com veemência, e que se devore ao modo de uma personagem sadiana, manducadora de seus próprios excrementos. Sem dúvida a imprecação de Artaud, lançada sempiternamente contra a obscenidade da escrita, pode ser o tempo todo recuperada pelo próprio discurso da imprecação: é o perigo de toda violência; nada é mais frágil que a violência: o código a espreita, e o sentido, até agora, sempre a venceu (motivo pelo qual, em termos de destruição do discurso – ocidental, cristão etc. –, pode-se, taticamente, preferir um discurso astucioso a um discurso violento, Brecht a Artaud).

Diante desse vaivém ameaçador (expressão simples de uma alienação histórica da escrita), cabe ao leitor desprender o texto da instituição literária: o leitor, ou seja, esse indivíduo frágil, dilacerado, pluralizado, que se vê apanhado na comunicação imposta por Artaud (essa comunicação define o texto de Artaud, tanto quanto sua estrutura retórica). Bernard Lamarche-Vadel é, para nós, esse leitor: *escreveu* sua leitura. Essa expressão não denota um discurso crítico ou analítico; Lamarche-Vadel não resenhou propriamente idéias, temas, formas, não desenvolveu nosso saber sobre Artaud, não tornou Artaud cultural (e para isso precisou de certa coragem, ou de certa confiança, ou de certa inocência, em vista da destinação universitária que aceitava dar a seu texto); sua matéria principal (seu "tema", como se diz na retórica escolar) foi sua própria escrita: e no entanto Artaud está nela mais presente do que em muitas dissertações "sobre" Artaud. Esse êxito decorre do fato de que a escrita de Lamarche-Vadel é, várias vezes (em vários níveis), citacional.

O próprio texto de Artaud (seu texto histórico, filológico, editorial) é o tempo todo capturado no volume do texto de Lamarche-Vadel; são como bolhas nutritivas que estouram na tona do segundo texto; Artaud é copiado em seu cunho, sua vocação citacional, sua energia de escrita (o que quer dizer, segundo a terminologia atual, como produção, e não como produto): desmembrado e fragmentado, enxameia; realiza-se assim, por um retorno paradoxal, um saber de Artaud superior a todo o saber didático, filológico, histórico, que o discurso da cientificidade poderia reunir sobre Artaud; indo ao extremo, poder-se-ia dizer: feliz daquele que só conheça Artaud na sua forma quebrada, disseminada, heraclitiana (a "obscenidade da escritura" talvez seja apenas seu contínuo, esse *flumen orationis* que a antiga retórica transformava em valor supremo do estilo, e que Flaubert, para seu grande bem, nunca conseguiu realizar).

Lamarche-Vadel cita Artaud de outro modo: não imitando-o, mas tomando nele, pelo menos, o que se poderia chamar de *movimentos corporais*; a escritura (se não realizada como simples escrevência) é com efeito o corpo reengendrado de si mesmo, por fetichismo narcísico e por histeria coletiva: é o que Lamarche-Vadel chama, provavelmente, de figura. Lamarche-Vadel põe-se na respiração do corpo escritural de Artaud; sem nunca o parodiar, encontra, *em sua própria prática*, e não – mais uma vez – em sua análise, seu eretismo inteiro, ou seja, as sensualidades, as clarezas, as surpresas, as fraturas e, de maneira mais geral, o valor novo (ainda que timidamente buscado, aqui e acolá): a escrita-idéia, a idéia escrita, cuja função atual é dispersar o discurso antecedente – filosófico ou literário – e turvar a oposição entre arte e pensamento, entre coisa enunciada e forma enunciante.

Num terceiro nível, o que Lamarche-Vadel põe em cena não é apenas Artaud (em sua letra e sua figura), é toda escritura. A escritura, com efeito, não é feita de "traços" estilísticos, mas de recusas, dispostas em chicanas, invenções, concessões e retomadas; a escritura, em suma, é um *espaço tático*, determinado em relação à cultura anterior, um deslizamento abrupto ao longo do declive da língua milenar, paterna. Aqui, Lamarche-Vadel mais uma vez chega exatamente a Artaud; seu texto é uma ruptura que, no entanto, consegue livrar-se do gesto da castração: há um sabor profundo do texto que se vai ler (o sabor, não se deve esquecer, é a própria figura do combinatório: o prazer resultante não é idealista).

Em suma, à pergunta "como falar de Artaud?" Lamarche-Vadel responde: não falar nem escrever "sobre" Artaud, mas escrever *com* Artaud. Assim se substitui a crítica transcendental (cobrir o texto de um autor com um discurso que o "compreende") por uma escrita concomitante, um carrossel de textos, que faz (ou fará) do autor (aqui Artaud, Lamarche-Vadel) um gesto esboçado pelo corpo mas continuado pela massa.

Texto datado por R.B. de 21 de junho de 1971 e que deveria servir de prefácio a um livro de Bernard Lamarche-Vadel sobre Antonin Artaud, que o autor desistiu de publicar. (Esse texto foi publicado em Luna-Park, *n.º 7, março de 1981.)*

PREFÁCIO [A *FATRAS*, DE JACQUES PRÉVERT]

A poesia pode nascer das imagens tanto quanto das palavras, sobretudo num Prévert, que, sendo antes de tudo um homem de cinema, tem um sentido agudíssimo da imagem e de seus poderes de sugestão. É a confrontação desses dois meios de expressão o que se propõe em *Fatras*, em que algumas das "colagens", às quais Jacques Prévert se dedica há muito tempo, foram reproduzidas como que para prolongar, no plano visual, os temas essenciais de sua obra poética.

Esses temas, que poderiam ser resumidos num único, a denúncia dos engodos – o da guerra, acima de tudo, cujo fantasma ronda hoje o mundo como nunca – engendrados por certas palavras de ordem da sociedade, são encontrados nos textos de *Fatras*, escritos nos anos 1960 pelo autor de *Paroles*. Sobretudo naqueles breves "grafitos", naqueles "adônis" (não é por acaso que esse nome de flor quer dizer "gotas de sangue"[1]) em que uma verdade substancial aparece através do jogo de palavras tão caro a Prévert. *Flashs* rápidos e surpreendentes que, nos últimos anos, se tornaram uma das formas preferidas de seu pensamento e de sua escrita. Uma poesia e uma moral dela se depreendem, com uma espécie de evidência.

Textos e imagens perseguem aqui o mesmo objetivo: dissociar as seqüências de nossos hábitos mentais, corrigir o cotidiano, dar aos lugares comuns e ao bom comportamento o piparote que inverte o cenário e põe em questão a sua oportunidade.

Prefácio a Jacques Prévert, Fatras, *Gallimard, col. "Folio", 1972.*

1. Trata-se de uma variedade de adônis, chamada gota-de-sangue, porque suas pétalas têm uma mancha negra. (N. da T.)

ARGUMENTO E PROSPECTO

29 de maio de 1976.

Caro Philippe Roger,

Acho que você escreveu sobre Sade um livro cujo movimento é justo. *Explico-me sobre essa palavra estranha.*

Como você sabe, sempre acreditei que a crítica literária deve ser livre (metodicamente), pois não existe sentido verdadeiro *de uma obra, a não ser que se identifique abusivamente a verdade dessa obra com sua letra, sua origem, sua história etc. O crítico, é verdade, não pode dizer "qualquer coisa", seja porque se escreve com o desejo do leitor (tome a expressão em seus dois sentidos*[1]*), seja porque não existe "qualquer coisa" no desejo; mas pode dizer muitas coisas: a crítica é plural. Há, porém, alguns raríssimos au-*

tores que transgridem de direito essa liberdade e obrigam a falar com justeza sobre o que escreveram. Tome uma peça de Brecht, Mãe Coragem[2], *por exemplo;* Mãe Coragem *quer dizer algo (a guerra aliena suas vítimas até torná-las cegas para a própria guerra), e esse algo deve ser dito por aquele que encena* Mãe Coragem*: não há como escapar à lição (e é pena quando se escapa; perde-se prazer: o prazer da demonstração).*

Acredito que, por razões bem diferentes (evidentemente), Sade é um desses autores inflexíveis. O que não pode ser abafado, em Sade, é que ele quer mostrar e mostra obstinadamente alguma coisa. O quê? Uma virtude: a virtude da fantasia. Sua obra nada mais faz que reproduzir, em grandes dimensões, uma cena particular que ele dispôs em Juliette, *de que você se lembra: Juliette recomenda à bela condessa de Donis que só organizasse uma orgia depois que ela a tivesse escrito em seu caderninho, à noite, à luz de velas, à medida que a imaginação do desejo lhe ditasse seus episódios: o libertino escreve sob o ditado da fantasia? É o que Sade também faz: escreve sob o ditado da fantasia, e desse ditado não devemos (nós, que reescrevemos Sade) nunca nos afastar, nem num sentido, nem noutro: nunca devemos puxá-lo para o "real" (o que, infelizmente, Pasolini fez em seu belo filme).*

....

2. Trad. bras. in *Teatro completo*. São Paulo. Paz e Terra, s/d. (N. da T.)

Eis aí o que me parece ser justo *em Sade, como o fiel de uma balança sensível, que não se deve deixar pender para o lado da "filosofia", nem para o lado da "pornografia", ficando o fiel sempre fixo no único* valor *que, a meu ver, a produção sadiana conhece: a escrita. É significativo que o que a crítica moderna (indo, provavelmente, ao mais urgente) recalca às vezes em Sade é precisamente a escritura: que mais recalcar? A escritura de Sade é a "carta roubada".*

Parece que você intervém nesse ponto do trabalho necessário que essa crítica vem realizando há cerca de vinte anos: você, que é de outra geração, afasta um pouco Sade de nossas tentações (talvez também porque nós tenhamos tido o mérito de as escrever); sem nada omitir de sua radicalidade, você apaga um pouco os extremos que nós lhe demos; assim, ao sabor dos capítulos que escreve, você pode deixar-nos adivinhar a verdadeira força de Sade, que é – ainda que este não seja o seu vocabulário – a escrita da fantasia, que também se pode denominar, em espelho, a fantasia da escrita. Sade não é um escritor como os outros, contudo é um escritor – talvez o próprio escritor, pois não se deixa tolher por nenhuma lei (filosófica, política: você mostra isso), a não ser precisamente a lei, secretíssima e claríssima (mais uma vez a carta roubada!) da Frase: que Frases as de Sade! Você analisa muito bem, a partir de uma palavra de Foucault, o "raio" sadiano; eu gostaria de acrescentar a esse capítulo algo que não o contradiria, acredito: que o raio de Sade (aquele que cai sobre nós cerca de dois séculos depois e nos atravessa, da boca ao sexo) é o raio da escritura.

Uma última palavra: tenho vontade de pegar seu livro, que é, em suma, como um argumento. Argumentum*: o que é agudo, claro, brilhante (argênteo: é a mesma raiz), mas também o que resume articulando. Resta-nos, pois, "desresumir" tudo isso, abrir a fundo o dossiê cujas brilhantes articulações você nos deu. Esse livro, que eu li de certa forma como o "prospecto" (assim falava outro sadiano – Fourier) de um Sade por vir, cujo portador é você: Sade, "transformado nele mesmo pela escritura".*

LES NOUVELLES LITTÉRAIRES
10 de junho de 1976
Carta a Philippe Roger sobre seu livro, Sade, la philosophie dans le pressoir, *Grasset, coleção "Figures", 1976.*

PREFÁCIO À *BESTA HUMANA* DE ÉMILE ZOLA

A Besta humana[1] data de 1890; mas o trem era uma velha história na vida de Zola. Seu pai, engenheiro, construíra uma das primeiras estradas de ferro da Europa, entre Linz e Gmüden. Em 1858 (com 18 anos), afetado por uma febre tifóide, delirando, Zola tem um pesadelo: um acidente num túnel; e vinte anos depois, escreve um conto (*A morte de Olivier Bécaille*): viajantes agonizam, fechados num túnel cujas duas saídas estão bloqueadas. À obsessão pessoal vêm somar-se considerações mais amplas: historiador da sociedade do Segundo Império, Zola precisa incluir em seu afresco um episódio ferroviário, pois o trem é o grande negócio

1. Trad. bras., São Paulo, Ediouro, 2ª ed., 2001. (N. da T.)

(econômico e simbólico) desse período; em 1878, conversando com Edmondo de Amicis, fala-lhe de sua idéia de romance "sobre uma ferroviária". E o trem está sempre ali, em sua vida; de sua casa de Médan, vê passar os trens de Le Havre; fotografa-os; em 1889, faz a viagem de Paris a Mantes numa locomotiva: bom romancista realista, documenta-se, por certo, mas a estrada de ferro é muito mais que um assunto de romance, é uma fantasia multiforme, ora poderosa e angustiante, ora infantil e lúdica; vejam o quadro com que se inicia o romance: vista da janela em que uma personagem se acotovela (e nós com ela), está a estação Saint-Lazare em miniatura, com seus trilhos estreitos como arame, suas maquininhas, seus jardinzinhos de agulheiro; parece uma maquete. *A Besta humana* inaugura-se com esse brinquedo de criança, tão apreciado pelos adultos que, se não me engano, há um nome para designar os maníacos por trem em miniatura: são chamados de "ferromodelistas". Não há dúvida de que Zola foi um ferromodelista, um amante de trens. O trem tem duas funções: histórica e lúdica; é, pode-se dizer, um *gadget* de civilização.

A esse objeto, cuja simbólica é tão rica, Zola impõe uma transformação propriamente literária: trata o tem de modo épico, toma-o numa mitologia e numa narrativa.

A época era do ferro. Por ele, Eiffel substituíra a pedra na arquitetura, e o trem – não se deve esquecer – é o "caminho de ferro". Ora, o ferro, miticamente, é produzido por Vulcano, deus dos vulcões; sai do abismo sombrio e abrasado, é ao mesmo tempo profundidade e fogo, desejo (pela incandescência originária) e morte (pelos golpes que o forjam); é a fatalidade (pelo endurecimento). A *máquina* (por uma sinédoque significativa, dá-se o nome genérico de "máquina" à locomotiva) reúne toda essa simbologia: *A Besta humana* é o romance do Desejo (o filme que Fritz Lang extraiu do livro chama-se *Human Desire*), do Homicídio, do Destino (que aqui é a lei hereditária cujo joguete é Lantier). Zola acrescenta uma imagem: a máquina é a fêmea, quimera em que se unem a mulher e a besta. Essa metáfora enche todo o livro: Zola nela se compraz, ele a explora, varia, esgota, e *A Besta humana* é assim, literalmente, um grande poema: um discurso que não deixa de inventar novos significantes para um só e mesmo significado: a mulher-animal, que provoca o macho com o odor, como uma cadela. O próprio título é duplamente metafórico: A Besta humana é ora a máquina (objeto antropomorfo), ora o Homem (desejo animalizado).

Não há epopéia sem narrativa. A metáfora aqui se sustenta com uma narração; é o que se compra na *Besta humana*: um romance. Esse romance tem a aparência de um super-romance: ao mesmo tempo realista e policial. Para que haja realismo (no sentido literário da palavra), é preciso que a narrativa tenha dois elementos pertinentes: por um lado, uma imitação reforçada do "real" (obtida pela abundância de descrições e pela crueza dos "detalhes"); por outro lado, a disposição de relações sociais diferenciadas; o mundo humano das estradas de ferro possibilita esse inventário social: seu pessoal é hierarquizado, submetido a promoções, "proteções", diferenças de instrução (Lantier fez uma escola técnica; seu foguista, não), rivalidades por gloríolas (ver a briga entre os Roubaud e os Lebleu pelo apartamento da estação de Le Havre); e do lado dos viajantes (do público), a mesma tônica social; não nos esqueçamos de que os trens de então permitiam que se lessem as diferenças sociais muito mais claramente do que nos nossos dias: sem rivais (automóveis ou aviões), toda a sociedade os usava, e neles reproduzia suas divisões internas (inclusive a divisão entre sexos, pois havia compartimentos para damas sozinhas): três classes, três preços, três confortos e, mesmo materialmente, nenhuma comunicação possível: nada de corredores, apenas compartimentos fechados, projetados para o homicídio ou o adultério (depois será o vagão-dormitório, também dividido e fechado, que assumirá o papel romanesco e policial do trem arcaico); tudo isso se investe bem num objeto-fetiche, que se encontra em todos os meandros do romance: o *coupé* do presidente Grandmorin; um *coupé* é um compartimento fechado, solitário, com um só banco: é um espaço de luxo, reservado aos poderosos, aos protetores (e ao homicídio).

Quanto à história policial, é suficiente (aliás, parece que é sua única função) para dar ao romance uma seqüência honrosa de "suspenses": os assassinos do presidente Grandmorin são conhecidos, mas serão descobertos? Jacques Lantier resistirá à sua pulsão hereditária? Matará Séverine, que ele ama? Na verdade, não há por que duvidar do segundo homicídio desde o início: para Zola, a hereditariedade tem a mesma função que a Necessidade antiga: ninguém escapa; e, assim como a tragédia grega apaixonava, mesmo se conhecendo seu desfecho, pode-se ler *A Besta humana* com o maior interesse, mesmo se sabendo que Jacques degolará Séverine; pois o prazer do suspense é perverso: é o sujeito clivado descrito por Freud, sabemos, mas fazemos de conta (para obtermos prazer) que não sabemos. Esse não é o único traço trágico do romance: a isso se soma algo de shakespeariano, pelo acúmulo barroco de desventuras: tudo termina mal, ninguém é poupado; há na obra, de cabo a rabo, um espírito de catástrofe cuja assunção (todo o livro conduz a isso) está no apocalipse final: o maquinista e seu foguista numa luta de morte sobre a estreita plataforma da locomotiva em movimento, empurrando-se mutuamente para fora, e a máquina desgovernada incendiando estações, carregando o trem lotado de passageiros ignorantes, inocentes, para a grande catástrofe.

Ironia da literatura: os escritores nunca são lidos pelo que querem dizer, pelo que acreditam ter dito. A grande idéia de Zola era a hereditariedade dos crimes, dos vícios, das taras, das paixões: idéia antiga, renovada pelas teses aparentemente científicas de dois médicos, Lucas e Letourneau. Hoje ninguém acredita nisso, ninguém pensa nisso: Zola é lido (e muito: talvez seja o romancista mais lido do mundo), mas sem que se tenha, afinal, a menor consciência da mensagem a que ele tanto se apegava, pois faz dela o princípio de uma obra cíclica de vinte romances. Há, felizmente, uma espécie de dialética da leitura e do talento; como soubera olhar, ler e decifrar o texto social de sua época, Zola, acreditando descrever uma catástrofe fisiológica, descreveu na verdade o fiasco histórico de uma sociedade, pois, pela força da narrativa realista, a fatalidade do sangue passa para o segundo plano, e aparece a trama real da história (da História?): o despotismo protetor dos grandes burgueses, as manobras de herança, as concessões do poder judiciário; e o apocalipse que carrega o herói tarado para a morte também é o apocalipse daquele trem carregado de soldados, cegos, impotentes, alienados, conduzidos para a matança de 1870 e para a derrocada de todo um regime.

Prefácio a Émile Zola, La Bête humaine, *Rizzoli, Milão, 1976.*

PREFÁCIO AO TOMO IX DA *ENCICLOPÉDIA BORDAS*

Há entre todas as literaturas do mundo, quase tão numerosas quanto suas línguas, um traço comum: a literatura é quase sempre e em todo lugar uma *linguagem à parte*; vigiada no mesmo momento em que é dignificada, essa linguagem excluída designa, evidentemente, uma prática de significação que *excede* à simples finalidade de comunicação à qual a ciência de ordinário reduz a linguagem.

Há, portanto, uma identidade mundial da literatura, ligada à constância de sua situação em meio às outras linguagens. Isso, porém, não deve iludir: a literatura só é um fato universal num nível de descrição muito elevado e formal; mas para nós, ocidentais criados com o sentimento de superioridade de nossa civilização, para nós, interrogadores de um saber, leitores de uma Enciclopédia, o que importa não é a unidade da literatura, é aquilo para o que estamos mal preparados e sobre o que somos mal informados, a saber, a *dispersão*, estranhamente mal conhecida, do fato literário. Precisamos aprender que existem, ao infinito, *outras literaturas*: essa regra de simples bom senso não é fácil de aplicar, pois nós resistimos a imaginar discursos de que não sejamos proprietários nem centro: o que devemos fazer, portanto, é uma *viagem* (quase gostaríamos de dar a essa palavra o sentido giriesco que adquiriu no vocabulário da droga), a aprendizagem saudável de uma distância. Precisamos marcar suas etapas, os círculos de afastamento, pois este livro é um livro de desterramento progressivo.

O ponto de partida é nossa própria literatura, não tanto por sentimento de nacionalidade, mas porque a literatura é a essência gloriosa da língua materna: nossa literatura é nossa mãe; estamos ligados a ela como a um centro, uma origem, um alimento fundamental, uma segurança; nela, tudo nos parece familiar, familial; fora dela, tudo começa a nos parecer estranho.

O afastamento que se segue ainda não é muito grande; é uma distância regional: as literaturas inglesa, alemã, italiana e espanhola quase não nos desterram, talvez porque tenham provindo, *grosso modo*, da mesma história que a nossa; viajar através dessas literaturas limítrofes tem as mesmas conseqüências de se fazer turismo em Londres, Munique ou Florença: as mesmas igrejas, os mesmos museus, os mesmos poemas; só algumas pequenas disjunções folclóricas: aqui se bebe cerveja, e não vinho, aqui se pratica a *terza rima*, e não o alexandrino: Goldoni é sem dúvida diferente de Molière, mas não muito de Regnard.

O Outro de verdade começa um pouco mais longe, ali onde a própria "alma" da população literária (autores e personagens) aparece combinada em proporções e ênfases a que não estamos acostumados. Essa segunda distância é, por exemplo, a da literatura russa (que conhecemos há pouquíssimo tempo).

A terceira distância seria de ordem metafísica; é a que nos impõem literaturas sobre as quais sabemos apenas que foram consideráveis, como a chinesa ou a japonesa; aqui a estranheza dos nomes e dos costumes e a particularidade dos caracteres não esgotam a estranheza da representação; além do folclore, subsiste uma fratura profunda, a do sujeito, que lá não é agregado pelas mesmas forças metafísicas, teológicas e psicológicas que conferem ao eu ocidental a sua consistência "natural".

É, porém, possível uma última distância (é nosso quarto círculo): a que nos separa das literaturas que podemos chamar etnográficas, por terem surgido em pequenos recantos de nosso planeta (tais como as literaturas tâmul, bengali, dalmaciana etc.); para nós, ocidentais, em virtude da mais forte das censuras, essas literaturas nem sequer têm acesso ao valor, ou seja, à cultura.

Esta breve viagem nos diz que numa obra de referência como esta, a questão é fazer o Outro falar, darlhe direito à linguagem. Sem dúvida, o que fala ainda não são textos, são nomenclaturas; mas o nome é o ato ritual que determina o saber; a partir do momento em que sabemos que existe ou existiu uma literatura copta ou finlandesa ou sânscrita, podemos pressentir nela gêneros, épocas, autores: vem-nos um desejo de entrar mais fundo no texto estrangeiro, estranho; entendemos melhor, então, o que é uma *distância*: é um espaço que nos é dado pela história, não para que o eliminemos ou recuperemos, mas para que o façamos, tal qual, uma parte de nossa verdade: aquela mesma verdade que é nossa porque, enterrada em nosso inconsciente, nós não a conhecemos.

Prefácio à Enciclopédia Bordas, *tomo IX,*
L'Aventure littéraire de l'humanité II, *Bordas, 1976.*

PREFÁCIO-CONVERSA A *LITTÉRATURE OCCIDENTALE*

Em que a "literatura" se diferencia dos outros modos de expressão escrita?

Em primeiro lugar, é preciso considerar o fato de que a pergunta "o que é a literatura?" só tem sido feita durante um período relativamente recente. Em nossa cultura ocidental, a literatura foi feita durante muito tempo sem que realmente se fizesse uma teoria da literatura, uma teoria do ser da literatura. Foi particularmente o caso da França. Enquanto o século XIX foi um grande século de progresso científico, no que concerne às ciências do homem e às ciências sociais, infelizmente nos distinguimos, se assim posso dizer, pela carência teórica sobre o problema da literatura. É verdade que houve todo um movimento de análise das obras literárias, mas ninguém nunca formulou realmente o problema de uma filosofia da literatura, muito menos de uma crítica científica. Na França, não temos o equivalente a uma grande síntese filosófica e histórica, tal como a que foi realizada por Hegel na Alemanha, a propósito dos diferentes tipos de arte. Tal questão, portanto, é relativamente recente. Ela é formulada hoje numa forma teórica muito aguda, sobretudo nos trabalhos e nos textos de vanguarda. Trata-se de relacionar o fato literário com as grandes disciplinas novas das ciências do homem, a saber, por exemplo, a crítica política ou a psicanálise. Na realidade, só a partir do momento em que passou a existir esse ambiente científico foi que se começou a perguntar "o que é a literatura?".

Qual é a relação entre a literatura e os outros modos de expressão artística? Ela é uma forma de expressão artística?

Se aceitarmos provisoriamente uma resposta tradicional, poderemos dizer que a expressão literária é sem dúvida uma manifestação de tipo estético, no mesmo nível da pintura, da escultura, da música ou, agora, do cinema. No entanto, a literatura é uma forma de expressão artística operada por meio de signos muito precisos: os da escrita. Esse é um ponto importante, a literatura é um fenômeno essencialmente escrito. Ainda que numerosos países possuam uma literatura oral, para nós, ocidentais, a literatura é acima de tudo um objeto escrito.

Em literatura, parece que há uma ambigüidade entre fundo e forma, o que não ocorre em música, por exemplo...

Essa ambigüidade existe porque a literatura é constituída de uma soma de *mensagens* (como se diz agora), de enunciados bem particulares. A mensagem veicula idéias, sentimentos ou paixões, como se dizia antigamente, mas ao mesmo tempo tem uma forma bem determinada, que é de ordem estética...

Sem forma não há literatura! O direito autoral, aliás, só protege a forma...

A forma é realmente a marca idioletal, a marca individual do autor sobre a obra.

"O estilo é o homem." Estamos hoje em condições de dar uma definição muito mais precisa do que é estilo?

De uns cinqüenta anos a esta parte, tem havido tentativas de fundar uma ciência do estilo, ou seja, uma estilística, uma maneira de estudar cientificamente o estilo dos autores. É preciso admitir que, até agora, essas tentativas de certa forma malograram. Aliás, existem várias estilísticas, mas nenhuma é muito convincente.

Essa ciência ainda está sendo buscada. O estilo é um fato inegável, mas o meio de definir esse fenômeno objetivamente, segundo critérios científicos, mostra-se extremamente difícil.

Uma das últimas tentativas de estilística séria, inteligente e interessante é a que se desenvolveu em torno de um erudito americano de origem francesa, Riffaterre. É uma estilística que postula a existência de uma espécie de língua – por exemplo, a língua francesa – normal, corrente, que de alguma maneira serviria de modelo, de padrão. A questão então seria avaliar as distorções impostas por cada autor a esse modelo. Para Riffaterre, a estilística define-se, portanto, como a ciência dos desvios, o que lhe tem valido muitas contestações, por razões de ordem filosófica e científica. O fato de atribuir função preeminente ao modo como o maior número de pessoas utiliza a língua não é um critério científico suficiente.

Qual foi a evolução dos gêneros literários, simbolizados pelas nove musas da mitologia grega?

Eu poderia dizer – mas sem me ater a uma resposta especiosa – que há 2500 anos, desde os gregos, os diferentes gêneros literários vêm passando por fases de moda e de declínio, de renascimento etc., mas o fato permaneceu constante: sempre houve gêneros literários. Isso significa que, até nossos dias, a literatura nunca deixou de ser dividida segundo um código bem preciso. Código que opunha, por exemplo, poesia lírica, poesia idílica, poesia dramática, poesia épica; opunha também verso e prosa, romance e ensaio, novela e narrativa etc.

Em todos os tempos, portanto, a literatura foi submetida ao traçado de um código geral extremamente preciso e injuntivo, ainda que mudasse de conteúdo conforme a época. Agora – e esse é o motivo de sua pergunta ter um alcance bem atual – no trabalho realizado pela vanguarda, há uma tentativa, muito forte, muito insistente e bastante rigorosa, de subverter a própria idéia de gênero literário. Isso porque hoje se considera que não há, no fundo, barreiras estanques entre os diferentes tipos de produção escrita. Hoje se pode imaginar a produção de algo que se chame simplesmente *texto*. É essa palavra que se usa agora, e não mais obra. O texto poderá ao mesmo tempo ser considerado romance e ensaio.

As muralhas que se erguiam entre os diferentes gêneros estão ruindo. Isso já havia ocorrido com algumas raras obras do passado, mas agora se trata do movimento geral da pesquisa.

Pode-se dizer que a literatura é também uma linguagem social? Que relação existe entre literatura e sociedade?

A literatura está impregnada de socialidade. Seus materiais lhe vêm essencialmente da sociedade, da história da sociedade. É inconcebível escrever o menor texto sem que, de certo modo, a história não passe para esse texto e, evidentemente, a sociedade com suas divisões, seus conflitos, seus problemas. Mas sempre se tem a mediação da forma, fazendo com que a obra literária nunca seja um reflexo puro e simples da sociedade. Há fenômenos de ressonância, de modificação de percurso. É muito difícil analisar uma obra literária em termos puros de reflexo. Nunca bate. Mas, ao mesmo tempo, a história está sempre ali. É o estudo dessa espécie de ambigüidade, de presença-ausência da sociedade na literatura, que constitui o campo por excelência da atividade literária.

Entre um manifesto dadaísta, um poema composto com os procedimentos da escrita automática surrealista, um romance soviético feito nos termos do realismo socialista e certos textos muito compactos da nouvelle vague *existem diferenças infinitas...*

Sim, os modos de presença da sociedade nas obras literárias constituem um leque muito amplo. Mas há também outro aspecto: a obra literária é consumida de maneiras muito desiguais pelos grupos sociais...

A literatura é também um meio de comunicação dos fatos sociais...

É sempre uma reflexão sobre a sociedade. Uma reflexão muitas vezes crítica.

A eficácia social da literatura e a influência das obras sobre o público não estão obrigatoriamente em relação com o sucesso de livraria. Hoje, certos autores não terão influência desproporcional ao número real de seus leitores?

Você está apontando um fenômeno sociológico recente. De fato, hoje, estamos diante de uma espécie de distorção relativamente corrente entre, digamos, a notoriedade de um autor e a tiragem de seus livros. Atualmente existem escritores cuja tiragem é bem pequena, mas cuja notoriedade intelectual é considerável. Em compensação, certos autores que contam com tiragens enormes não são conhecidos. Esse fenômeno de desvio, de divórcio, tende a acentuar-se, pelo fato de que o público consumidor de literatura já não se limita à grande burguesia ou a certas camadas populares, no que se refere à literatura de grande tiragem. Agora a notoriedade de uma obra ou de um escritor se propaga num meio mediador, que amplia de alguma maneira as ondas de notoriedade. *Grosso modo*, esse meio é constituído pelos intelectuais. Antigamente, para ser conhecido, um livro precisava passar pela mediação, pela intermediação de uma crítica organizada. Mas agora eu me pergunto se essa crítica ainda desempenha papel muito importante. O que é decisivo, por outro lado, é uma espécie de rumor intelectual que aumenta consideravelmente a repercussão das obras.

Em sua opinião, qual é o papel da literatura no pensamento contemporâneo?

Antes da última guerra, teria sido possível responder com facilidade à sua pergunta, simplesmente destacando a importância extrema dos grandes escritores. Acredito que na França, que mantinha uma espécie de liderança no mundo cultural, gente como Gide, Valéry, Claudel, Montherlant, Malraux ocupava posições absolutamente fundamentais no mundo da cultura.

Mas, hoje, o que vemos? Já não existe liderança, já não existem grandes escritores investidos dessa espécie de papel sagrado. O último em cronologia talvez seja Sartre. Mas o próprio Sartre pratica um tipo de pensamento que visa precisamente a destruir a autoridade do escritor...

A literatura em si, ou seja, em sua forma tradicional, ocupa lugar cada vez mais restrito na cultura e no pensamento. Mas, inversamente, a filosofia, por exemplo, o corpo social dos filósofos, se interessa cada vez mais pela literatura. Ocorre aí uma espécie de junção, uma imbricação dos gêneros...

Qual é a função da crítica literária, hoje?

Existem, ou existiam há pouco tempo, dois tipos de crítica: uma, que eu chamaria de "crítica de lançamento", toma um livro em sua publicação e contribui para o seu lançamento ao público por meio de crônicas cotidianas ou semanais, em órgãos fixos de difusão (jornais, revistas, rádios ou televisão). Ao lado dessa crítica, existe o que eu chamaria de "crítica estrutural", que não se preocupa prioritariamente com a atualidade, mas tenta repensar o instrumento crítico, ou seja, interrogar a própria idéia de literatura.

Tenho a impressão de que essa crítica estrutural hoje é um pouco menos vivaz do que há cinco anos. Nos últimos vinte anos, esse tipo de trabalho atravessou uma época grandiosa, seja na forma de análises temáticas (com Bachelard, Jean-Pierre Richard, Starobinski), seja na forma de crítica mais estruturalista, mais semiológica, mais lingüística (em particular com Gérard Genette).

Como o senhor vê a evolução das relações entre o audiovisual e a literatura?

Pessoalmente, tenho uma visão muito subjetiva dessa questão, dominada pela mais extrema prudência de análise. É costume dizer que estamos saindo da era de Peixes, que logo entraremos na era de Aquário, que estamos mudando de signo. Pode ser que saiamos da era da escrita para entrar na era da imagem. Assim como pertencemos a uma civilização da escrita, começaremos agora a pertencer a uma civilização da imagem...

Quanto a mim, acho que o problema é muito mais complexo. O que se pode procurar são novas relações entre a imagem e a escrita. Mas a escrita sempre terá função determinante na sociedade, a menos que ocorra um grande cataclismo histórico de ordem política (que sempre é possível).

Haverá papéis complementares. No entanto, o escrito deve manter uma função que é preciso entender em sua sutileza, quase em seu aspecto paradoxal. Isso porque o escrito não tem apenas a função de comunicar ou de realizar uma grande difusão comunicativa; talvez tenha também como função certo segredo, certa ocultação. Se atentarmos para a história da escrita, veremos que ela teve dois papéis. Por um lado, servia para comunicar. Mas também servia para manter certas coisas numa espécie de silêncio, de segredo, em todo caso de rarefação. Pode ser que a sociedade tenha hoje necessidade de uma zona de pensamento ou de comunicação um pouco mais difícil. O que não quer dizer que o livro deve perder sua função.

Voltemos um pouco à sociologia. A partir do momento em que o senhor admite que há um código perceptível apenas para certa elite, para certos tecnocratas, está privilegiando uma espécie de domínio reservado, estabelecendo uma verdadeira seleção...

No meu modo de ver, o problema é justamente mudar a natureza social da elite que tiraria proveito dessa espécie de fechamento. Numa projeção utópica, pode-se muito bem imaginar um modo de circulação bastante clandestino de certos escritos, mas que não esteja totalmente ligado ou limitado a um grupo social do poder. Não se trata absolutamente de elitismo. Acredito que atualmente não se domina suficientemente esse problema da imagem e do escrito. Há tentativas, como por exemplo as de McLuhan. Tudo isso é muito apaixonante, mas difícil de analisar. Estamos em plena mutação.

A literatura torna-se internacional e cria problemas de tradução...

As dificuldades provêm do fato de que a língua é profundamente envolvida na prática literária. Ora, o que está envolvido na prática literária é a língua materna. Existe uma relação do escritor com sua língua materna, que faz com que as traduções sejam absolutamente indispensáveis, mas acabem sempre sendo insuficientes.

Quando realmente literário, o texto implica uma relação do corpo do escritor com a língua materna que não pode passar para a tradução. Quando lemos obras literárias traduzidas, comunicamo-nos com certo universo, que no entanto não é o universo essencial da obra, ou seja, a língua.

Se atentarmos hoje para as estatísticas, perceberemos que a parte que cabe à literatura na área da edição teria tendência a diminuir. Como o senhor vê o futuro da literatura e seu desenvolvimento?

Essa é uma questão na qual estão envolvidos muitíssimos fatores: fatores políticos, de nível de vida, de cultura, de saber, planetários até, uma vez que a história se tornou mundial. É muito difícil estabelecer pontos. Acredito que a literatura será sempre animada por um movimento de fuga para a frente em relação ao restante da sociedade. Ela sempre terá um papel ambíguo de expressão do mal-estar ou dos males sociais, enquanto eles existirem; mas também um papel de utopia, de figuração de certas utopias. Enquanto o mundo for historicamente alienado, a literatura terá essa dupla função.

Prefácio sob forma de conversa a Littérature occidentale, *Laffont, coleção "Bibliothèque des grands thèmes", 1976.*

DELES A NÓS

Voltaire-e-Rousseau: aí estão os dois, cumpridores do encontro que lhes foi marcado há dois séculos por nossa história literária e nossa mitologia nacional. Dupla tão inseparável quanto Bouvard e Pécuchet, Roux e Combaluzier, Romeu e Julieta, cuja gemelidade oposta e complementar satisfaz em nós este velho mito romântico: cabeça e coração. Donde não haver por que os ler. No entanto, por causa de um trabalho, nos últimos dias folheei um pouco de Voltaire, um pouco de Rousseau. E deu-se o milagre (digo que há milagre quando um prazer inesperado é, apesar de tudo, sentido): sorri com Voltaire, sonhei com Rousseau.

Voltaire: *Diálogo do Capão com a Franguinha*: "Ai, meu Deus! Minha franga, está tão triste, o que tem? –

Meu caro amigo, melhor perguntar o que não tenho. Uma maldita criada pôs-me no colo, mergulhou-me uma agulha comprida no cu, prendeu minha matriz, enrolou-a na agulha, arrancou-a e deu-a de comer ao gato" etc. A que raio de coisa pode levar essa história de ovariectomia animal? Começa um pequeno suspense; só aos poucos, sempre impelido pela curiosidade e preso pela maestria do contador, ficarei sabendo que se trata de incriminar os *castrati*, a Igreja, os imperadores e os reis, as fogueiras da Inquisição, os padres, os cristãos, a carolice, a intolerância, cumprimentando de passagem as "boas" civilizações, o paganismo e a Índia. Voltaire parte do fútil e o mantém pelo simples impulso da anedota, mas pelo caminho vai colhendo de viés tudo o que há de sério no mundo: história, idéias, civilizações, crimes, ritos, má-fé, enfim todo o tumulto no qual ainda nos debatemos. Vem então a pergunta moderna: por que não existe hoje (pelo menos me parece), por que já não existe uma arte da persuasão – ou da imaginação – intelectual? Por que somos tão lerdos, tão indiferentes na mobilização da narrativa, da imagem? Será que não enxergamos que são as obras de ficção, por mais medíocres que sejam artisticamente (Soljenitsin), as que mais abalam o sentimento político? Não dizer: *Ora, faça você mesmo!* Talvez acreditemos em menos coisas ainda que Voltaire. Talvez estejamos *mais desesperados* que o velhote careteiro (de olhos ternos, porém, como dizia Michelet).

Rousseau (isto é mais conhecido): "A noite avançava. Avistei o céu, algumas estrelas e um pouco de verdor. Essa primeira sensação foi um momento delicioso. Só por ela eu ainda sentia. Naquele instante eu nascia para a vida, e parecia-me preencher, com minha leve existência, todos os objetos que percebia." (*Seconde Promenade*). Com uma palavra, numa noite de outubro de 1776, eis o sujeito "desconstruído" (como se diz agora): o *ego* está lá, mas só para dizer que se retira, se expulsa da consciência plena, que se conduz ao extremo de si mesmo, lá onde se dissolve no *momento*: subjetivo, individual é o momento, não é o sujeito, o indivíduo: tema ainda tão obscuro (todo um futuro pela frente) que hoje o vemos trabalhado, corajosamente, por Deleuze. Mais ainda: o classicismo carreia a notação de Rousseau para uma espécie de "supervanguarda", faz ouvir a música de alguma coisa que não conhecemos ainda: o abandono do paroxismo, o afastamento dessa violência de linguagem que acreditamos "moderna", e que nada mais é que o recalque de um valor bem conhecido, contudo, por outras civilizações (penso no Oriente): a *existência minimal*, pois "existir" não se sente forçosamente na violência, mas também *naquele pouco* de céu, de estrelas, de verdor, que permite a Rousseau "partir", ou seja, contar. Pois eis aí de novo a Narrativa, e eis de novo a pergunta moderna que nos é feita – ou a injunção que nos é lembrada: como escrever sem *ego*? É minha mão que traça, não a do vizinho. Para dizer que abandono esse tema clássico de que não quero mais saber, que já não é possível, preciso retê-lo mais um instante, o instante de uma frase.

Voltaire menos desesperado, Rousseau mais feliz que nós? Talvez porque não soubessem (e ninguém em torno deles) que a *linguagem existe*, que precisamos suportá-la, trabalhá-la, desfrutá-la como nosso próprio corpo, condição contraditória de nossa alienação e de nossa libertação, de nosso peso e de nossa leveza.

LE MONDE
7 de abril de 1978, para um dossiê "Voltaire e Rousseau"
Sobre o artigo conservado em seus arquivos, Roland Barthes escreveu "truncado pelo jornal". Aqui publicamos o texto integral.

“ISSO PEGA”

A história literária comporta, ao que parece, poucos enigmas. Há um, porém, que tem Proust como herói. Ele me intriga e interessa principalmente por ser um *enigma de criação* (os únicos pertinentes para quem queira escrever).

Todos gostam de repetir que Proust só escreveu uma obra, *Em busca do tempo perdido*, e que, embora essa obra seja nominalmente tardia, todas as publicações menores que a precederam apenas a prefiguraram. Que seja. Apesar disso, a vida criativa de Proust apresenta duas partes bem definidas. Até 1909, Proust leva uma vida mundana, escreve de vez em quando, uma coisa ou outra, procura, tenta, mas está claro que a grande obra não “pega”; a morte da mãe, em 1905, abala-o muito, afasta-o por um tempo do mundo, mas a vontade de escrever logo volta a tomar conta dele, sem que ele possa, ao que parece, sair de certa agitação estéril. A agitação, porém, se condensa e toma aos poucos a forma de uma indecisão: vai (quer) escrever um romance ou um ensaio? Tenta o ensaio, tomando em parte as idéias de Sainte-Beuve, mas de uma maneira romanesca, pois a fragmentos de estética literária mistura trechos, cenas, diálogos, personagens, que serão encontrados depois na *Busca.* Esse ensaio (palavra-limite), chamado *Contre Sainte-Beuve*[1], forma um manuscrito que ele submete ao *Le Figaro*, em julho de 1909, e que é recusado em agosto. Aí se situa um episódio enigmático, de que nada sabemos, um "silêncio", que constitui o suspense de que falei: o que acontece naquele mês de setembro de 1909 na vida ou na cabeça de Proust? A verdade é que a biografia o surpreende, em outubro daquele mesmo ano, já a todo vapor na grande obra pela qual vai sacrificar tudo, retirando-se para escrevê-la, conseguindo por pouco arrancá-la à morte. Portanto, dois lados, duas vertentes numa ponta e noutra daquele mês de setembro de 1909: antes, a mundanidade, a hesitação criativa; depois, o recolhimento, a firmeza (evidentemente, estou simplificando).

1. Trad. bras., São Paulo, Iluminuras, 1988. (N. da T.)

O que está em jogo nessa mutação, a meu ver, é o seguinte: todos os escritos de Proust que precedem a *Busca* têm um aspecto fragmentado, curto: pequenas novelas, artigos, pedaços de textos. Tem-se a impressão de que ali estão os ingredientes (como se diz em culinária), mas que a operação de transformá-los em prato ainda não ocorreu: ainda "não é bem aquilo". E depois, de repente (setembro de 1909), a coisa "pega": a maionese dá liga, e a partir daí é só aumentá-la aos poucos. Aliás, Proust pratica cada vez mais a técnica do "acréscimo": reinfunde alimento o tempo todo naquele organismo que desabrocha, porque já está bem formado. A própria grafia muda: Proust, evidentemente, sempre escreveu, como diz, "a galope" (e esse ritmo manual talvez não deixe de ter relação com o movimento de sua frase); mas, no momento em que a *Busca* dá a arrancada, a caligrafia muda: "adensa-se", "complica-se", sobrecarrega-se de correções que brotam de todos os lados. Em suma, durante aquele mês de setembro, ocorreu em Proust uma espécie de operação alquímica que transmudou o ensaio em romance, e a forma breve e descontínua, em forma longa, contínua, estratificada.

O que aconteceu? O que fez que de repente, num mês de verão, em Paris, a coisa "pegasse", e para sempre (até a morte de Proust, em 1922, e bem além, pois nossa leitura presente, ativa, não deixa de aumentar a *Busca*, de superalimentá-la)? Não acredito numa determinação proveniente da biografia; claro que os acontecimentos pessoais podem ter influência decisiva sobre uma obra; mas essa influência é complexa, tem efeito retardado: ninguém duvida de que a morte da Mãe tenha de algum modo "fundado" a *Busca*; mas a *Busca* só foi lançada quatro anos depois dessa morte. Acredito mais numa descoberta de ordem criativa: Proust encontrou um meio, talvez meramente técnico, de fazer a obra "resistir", de "facilitar" sua escrita (no sentido operacional em que se fala de "facilitadores").

Intuitivamente, direi que o que foi encontrado pertence provavelmente a uma das seguintes "técnicas" (ou a várias delas, ao mesmo tempo): 1) certa maneira de dizer "eu", um modo de enunciação original que remete de maneira indecidível ao autor, ao narrador e ao herói; 2) uma "verdade" (poética) dos nomes próprios que acabaram ficando; sobre os principais nomes da *Busca*, Proust hesitou muito; a *Busca* parece dar a arrancada quando são encontrados os nomes "corretos"; e sabe-se que há, no romance, uma teoria do Nome próprio; 3) uma mudança de proporções; pode ocorrer (química misteriosa) que um projeto bloqueado por muito tempo se torne possível assim que se decide bruscamente, como que por inspiração, aumentar suas dimensões; pois, na ordem estética, a dimensão de uma coisa determina seu sentido; 4) por fim, uma estrutura romanesca cuja revelação Proust tem na *Comédia humana*, e que é (cito Proust) "a admirável invenção de Balzac, que foi a de manter as mesmas personagens em todos os seus romances": procedimento que Sainte-Beuve condenou, mas que, para Proust, é uma idéia genial; quando se conhece a importância dos retornos, das coincidências, das inversões, ao longo da *Busca*, quando se sabe como Proust tinha orgulho dessa composição por cavalgamentos, que faz um detalhe insignificante, dado no início do romance, ser encontrado no fim, como que brotado, germinado, desabrochado, pode-se pensar que o que Proust descobriu foi a eficácia romanesca daquilo que se poderia chamar de "mergulhia" das figuras: plantada num lugar, muitas vezes discretamente (digamos ao acaso, por exemplo: a mulher de rosa), uma figura é reencontrada bem depois, por cavalgamento por cima de uma infinidade de outras relações, para fundar uma nova cepa (Odette).

Tudo isso deveria ser objeto de uma pesquisa ao mesmo tempo biográfica e estrutural. E, uma vez pelo menos, a erudição talvez fosse justificada, por esclarecer "aqueles que querem escrever".

MAGAZINE LITTÉRAIRE
janeiro de 1979

MASCULINO, FEMININO, NEUTRO

Sarrasine é uma novela curta que Balzac colocou em suas *Cenas da vida parisiense*[1]. Vejamos um resumo dessa novela.

Participando de um sarau parisiense, o narrador sonha por um instante, impressionado pelo contraste fantástico do jardim do palácio onde está, deserto e morto sob a neve, e a atmosfera brilhante do salão. Uma conversa nos informa de que a fortuna dos proprietários, os Lanty, é de origem desconhecida; a família Lanty é constituída pelo pai, banqueiro triste e feio,

1. Balzac, *La Comédie humaine*, Paris, Gallimard, Bibliothèque de la Pléiade, tomo VI (1950), pp. 79-111.

pela mãe e por dois filhos belíssimos, Marianina e Filippo. Uma personagem, parente provavelmente, tais são as atenções com que a família a cerca, aparece por um momento: criatura enigmática, velho enfeitado e arrebicado, que produz em torno de si uma estranha impressão de frio; a bela marquesa de Rochefide, cortejada pelo narrador, sente por ele forte curiosidade e repulsa. Passando então para um *boudoir*, Mme de Rochefide descobre um admirável quadro que representa um Adônis "belo demais para ser homem"; o quadro foi pintado tomando como modelo uma estátua de mulher; o modelo, diz o narrador, pertencia à família de Mme de Lanty. Quem é o velho? Quem é o Adônis? Diante do pedido insistente de Mme de Rochefide, o narrador promete-lhe ir à casa dela o dia seguinte e esclarecer o enigma. É o que faz.

Ernest-Jean Sarrasine, filho de um procurador de Franche-Comté, foi criado entre os jesuítas; já na infância, demonstrara ter um caráter bizarro, violento, apaixonado, ímpio, "ora ativo, ora passivo"; expulso do colégio, entra para o ateliê do escultor Bouchardon, que o toma sob sua proteção; Sarrasine leva uma vida de trabalho tenaz: selvagem, pode-se dizer que sua única amante é a escultura. Viaja em 1758 para a Itália. Alguns dias depois de sua chegada a Roma, vai ao teatro Argentina, onde se canta uma ópera de Jomelli. O aparecimento da *prima donna* tem um efeito terrível sobre Sarrasine: Zambinella apresenta-lhe, reunidas, todas as perfeições do corpo da mulher, que, em sua experiência de escultor, ele só conhecia fragmentadas, recortadas; tomado de louca paixão, decide que será amado por Zambinella ou morrerá. Sarrasine começa então a freqüentar assiduamente o teatro, onde sua paixão é conhecida pelos atores. Uma noite, Zambinella lhe responde com o olhar, e uma dama de companhia, terminado o espetáculo – apesar de um aviso que é dado a Sarrasine, pois Zambinella é protegida pelo cardeal Cicognara –, o conduz a uma ceia oferecida em casa de um ator; ali ele encontra Zambinella, ao mesmo tempo provocante e reservada, e sua pusilanimidade extrema o impressiona e seduz, pois naquilo ele vê a própria essência da feminilidade. Embora Zambinella tente dissuadir Sarrasine de dar prosseguimento a uma paixão que ela diz ser impossível, o escultor obstina-se e decide-se a raptá-la. Na noite em que deve ocorrer o rapto, o escultor assiste a um sarau particular, no qual Zambinella deve cantar; a cantora aparece como homem; visto que Sarrasine procura uma explicação para aquele travestismo, um convidado informa ao ingênuo escultor que na Itália as mulheres nunca sobem ao palco de um teatro: Zambinella é um *castrato*. Percebendo que seu enamorado ficou sabendo da verdade e temendo a violência de sua decepção, Zambinella pára de cantar. Sarrasine sai de lá como um louco; decidido a saber (pois ainda duvida que Zambinella não seja mulher), rapta o cantor e o tranca em seu ateliê; aterrorizado, Zambinella confirma sua verdadeira natureza: só se prestou à paixão de Sarrasine para satisfazer os colegas, que queriam rir do escultor. Enlouquecido, desesperado, Sarrasine tenta destruir a estátua que fizera de Zambinella e lança-se sobre o cantor para matá-lo. Três homens do cardeal Cicognara entram então e traspassam Sarrasine, que expira bendizendo sua própria morte.

Mme de Rochefide pergunta ao narrador que elo pode unir essa história, o estranho velhote que apareceu durante o sarau dos Lanty e o Adônis do quadro. O narrador explica então que o velhote e o Adônis (pintado por Vien a partir da estátua de Sarrasine) outros não são senão Zambinella, o *castrato* outrora célebre em toda a Europa, possuidor de uma fortuna enorme, com que beneficia sua família, os Lanty, interessados por isso em ocultar a origem da riqueza. Pensativa, Mme de Rochefide filosofa sobre a generalidade das decepções, mas o narrador a corrige: já não se fazem *castrati*.

Como se sabe, a lingüística baseia-se principalmente na análise dos modelos assertivos: a asserção representa a norma (por exemplo: *Pedro bate em Paulo*), e a interrogação é o desvio (assim como a negação). Esse postulado tem como conseqüência levar a confundir, naturalmente, como se costuma fazer ainda hoje, a estrutura da frase gramatical (substantivo + verbo) com a da matriz predicativa (sujeito + predicado). Na interrogação, ao contrário, a predicação é incerta; ou pelo menos o quádruplo *substantivo, sujeito, verbo, predicado* é subvertido: em *"Quem fugiu? Foi João"*, o verbo é o sujeito, o substantivo é o predicado. Bastaria, portanto, inverter a normalidade implícita do paradigma assertivo e elaborar em primeiro lugar uma lingüística da interrogação (e da resposta), da qual a asserção, por sua vez, não passaria de desvio ou de disfarce, para que os universais reconhecidos da linguagem (substantivo-verbo, sujeito-predicado) se tornassem suspeitos. Ora, uma lingüística da pergunta seria infinitamente mais útil à análise estrutural das narrativas; a asserção, na realidade, só alimenta os detalhes da narração, a miudeza do grande plano em que se resume toda história; e esse plano é essencialmente interrogativo: o "suspense", forma geral da narração, tem evidente parentesco com a pergunta: uma pergunta vital, cuja resposta, incerta, chega com especial demora.

Toda narrativa, ao que parece, comporta fundamentalmente uma pergunta. É possível reduzir as narrativas clássicas, as da literatura ocidental, desde que sejam simples, a quatro perguntas principais, a quatro tipos de "suspenses": dois suspenses de ser e dois suspenses de fazer. Segundo o primeiro suspense, a narrativa tem a tarefa de prorrogar e responder a pergunta *Quem?* (*Quem fez isso? Quem é na realidade essa personagem?* etc.); a esse primeiro tipo pertence sobretudo o romance policial clássico, em que a pergunta versa sobre a identidade de um assassino. De acordo com o segundo suspense, mais raro, a pergunta de identidade não versa sobre o nome próprio do desconhecido, mas, se assim se pode dizer, sobre seu nome de espécie, seu nome comum: *Quem* vem a ser *O quê*: *O que é?*; certas novelas policiais (*O cão dos Baskerville*), certas narrativas de ficção científica desenvolvem este segundo tipo de suspense. O terceiro tipo é o mais banal e constitui o modelo de todas as narrativas "dramáticas": a pergunta versa sobre o desfecho da ação em curso: *isso vai acabar bem ou mal? Quem vencerá? Os filhos do Capitão Grant encontrarão o pai? Lucien de Rubempré será salvo?* E há, por fim, narrativas cujo desfecho é conhecido já de saída pelo leitor (ou ouvinte), e cuja estrutura, no entanto, tem manifestamente caráter de suspense: a pergunta versa então sobre a maneira como o desfecho será atingido; a este último tipo de suspense pertencem tanto a tragédia, que parte de um princípio de inelutabilidade, quanto a narrativa recorrente, cujo resultado é dado antes, para depois se remontar à fonte, segundo o procedimento de *flashback*.

Essa tipologia é rudimentar; não nos demoraremos nela; queremos apenas sugerir que as quatro perguntas que acabamos de detectar estão em *Sarrasine* de Balzac, que assim se baseia num suspense múltiplo e, por assim dizer, total. A primeira pergunta de identidade está ligada ao velhote enigmático do sarau dos Lanty: trata-se de conhecer seu nome próprio (*Quem* é ele?), ou seja, sua posição social, familiar, histórica; seu lugar no mundo, seus elos com a família Lanty, sua origem. A segunda pergunta (*O quê?*) confere à novela toda a sua especificidade. É representada ainda pelo velhote e, a mais, por Zambinella: de que natureza são eles? A pergunta, na verdade, não versa sobre uma escolha de nomes, mas sobre a própria possibilidade de nominação: o que se sugere, a título interrogativo, é mais a categoria do inominável, da *coisa*, no sentido fantástico do termo; o suspense de ser, aqui, não é ignorância, mas enigma: o velhote amedronta como uma coisa cujo nome não se pode encontrar (provoca frio, não pode ser tocado), e Sarrasine morre assim que consegue dar a Zambinella seu verdadeiro nome: entre todas as coisas, ela é a mais terrível, ela é o *nada* ("Não te matarei, *pois não és nada*"). Esse suspense de espécie, porém, não esgota o interesse da novela; se adivinhássemos desde o início o que são o velhote e Zambinella (o que deve ocorrer em muitas leituras), faltaria saber – drama, e não mais enigma – "como tudo isso vai acabar"; o suspense de ser lança certa maneira de um suspense de fazer. Toda a segunda parte da novela vem do "atrito" entre o drama (história), que não é de ordem hermenêutica, e o discurso, que é uma decifração cujo trajeto se sobrepõe às angústias puramente passionais de Sarrasine. Por fim, o quarto suspense já está esboçado; como a estrutura da novela é um *flashback* (com sua história na história), certo estado do desfecho é dado já no início; se, por razões contingentes, já se souber de saída não só quem são Zambinella e o velhote, mas também que Sarrasine vai morrer, faltará juntar os pedaços da charada cuja palavra final já temos, e percorrer o trajeto da decifração; ou, mais exatamente, faltará desviar para o herói a ignorância que nos é necessária para uma boa leitura, assistir ao espetáculo de sua própria ignorância e espiar o modo como a verdade que conhecemos se insinua nele: esquema que Brecht transformará em princípio de seu teatro, oferecendo à leitura do espectador o texto de uma cegueira; essa cegueira nunca é dissipada, pois em Brecht a função crítica é reservada ao público, não à personagem, que nunca é um "herói"; mas, no fim das contas, também não é certo que Sarrasine, ao descobrir a verdadeira natureza de Zambinella, fique conhecendo sua própria verdade.

Não se pode conceber a decifração (múltipla) que baseia a novela de Balzac como uma operação unilateral: o texto não é cifrado pelo autor e depois decifrado pelo leitor. Os signos que se oferecem à decifração são, no mesmo momento, os signos da cifragem: o leitor cifra e decifra ao mesmo tempo: ele aprecia a notação como cifra obscura e como cifra clara. Essa ambigüidade é favorecida pelo fato de que, em *Sarrasine*, o leitor nunca é diretamente o decifrador: a novela comporta suas decifrações internas. Há duas delas: uma tem como cena o prólogo, como objeto o velhote enigmático, como sujeito (conduzido pela fala do narrador) Mme de Rochefide; a outra tem como cena a história contada, como objeto Zambinella, como sujeito o escultor Sarrasine. A unidade das duas decifrações dá-se apenas no nível do objeto: substancialmente porque nos dois casos o que se decifra é um corpo, civilmente porque se trata da mesma pessoa, estruturalmente porque as duas cifras, de início separadas, convergem no epílogo, em que seus objetos coincidem ("*Mas esse ou essa Zambinella? – É ninguém mais, Madame, que o tio-avô de Marianina*"). Mas esse objeto comum não se oferece do mesmo modo à leitura: no caso do velhote, o problema proposto ao decifrador é agregar uma identidade fragmentada, suscitar um nome unitário que ainda não existe, pois no velhote estranho nem a pessoa nem o corpo podem ser nomeados. Zambinella, ao contrário, está munida de uma identidade clara, agregada, nomeada (é uma cantora); inversamente ao primeiro, o problema aqui é abalar essa identidade, desmascarar um corpo, substituir um substantivo (mulher) por outro (*castrato*), uma substância (feminilidade plena, perfeita) por outra (*nada*).

Por isso, os artifícios da decifração não são os mesmos nas duas séries. Na primeira, de uma ausência de nome é preciso fazer um nome; análoga a uma análise componencial invertida, a cifragem consiste então em disseminar ao longo do prólogo certo número de "semas", cuja soma – retardada – deve formar o significado "*ex-castrato*". A "criatura" será então provida de 1) velhice, 2) feminilidade, 3) infantilidade, 4) riqueza (os *castrati* famosos juntaram fortunas fabulosas), 5) musicalidade (o velhote estremece nostalgicamente ao ouvir uma *fioritura* cantada por sua sobrinha-neta), 6) um último traço difícil de nomear, pois se trata precisamente do "*nada*" que constitui o *castrato*: Balzac apresenta-o sob o tema do manequim (criatura reluzentemente maquiada, enfeitada com uma peruca loira, cacheada), ou seja, da *coisa* inanimada (a que faz alusão o frio repulsivo exalado pela enigmática criatura). Todos esses "semas" vão-se sucedendo ao longo do tecido narrativo e só são reunidos sob o nome Zambinella no último minuto. Essa Zambinella, por sua vez, não pode ser composta de "semas" ou, pelo menos, se os comporta, são sempre os da feminilidade: Sarrasine *lê* Zambinella como mulher, e nada, na história, jamais desmente "semanticamente" sua feminilidade; nela, a castração é desvendada pela confissão, não pela decifração.

Na verdade, o que Sarrasine rejeita com furor e pavor em Zambinella é uma idéia, não é uma realidade; o *castrato* só se torna objeto de decifração depois de envelhecido, de ter passado da categoria de ilusão à de coisa. O sentido aparece assim como a verdade tardia da ilusão, mas a própria ilusão está fora do sentido, não se presta, por nenhuma brecha, a uma hermenêutica objetiva. Segundo a instância da descrição, que é soberana, a "realidade" é que Zambinella é mulher; a ilusão é o "*nada*" que ela confessa: *chassé-croisé* cuja sutil inversão Balzac respeitou com maestria, visto que qualquer sugestão da "verdade" (o *castrato*) é imediatamente contradita pela evidência da "realidade" (a mulher): "*Se eu não fosse mulher? – perguntou timidamente Zambinella com voz argentina e doce.*" De fato, as duas decifragens repousam numa nominação; mas, no caso do velho, o nome ao qual devemos ser levados é de algum modo lexical; é o nome da coisa em si: trata-se de remontar dos semas ao significado; no caso de Zambinella, o nome só tem virtude definicional se proferido ("*Se eu dis-*

sesse uma palavra, você me rejeitaria com horror"): ele é e continua sendo um significante, cuja materialidade (e não a referência) será causa da infelicidade de Sarrasine: aliás, este não ousa pronunciá-lo ("*Ah, você é mulher, exclamou o artista delirando; pois mesmo um... Não terminou*").

Na literatura ocidental, de tipo realista, o simbólico (entende-se com isso, de modo geral, todo discurso substitutivo) é racionalizado com justificações psicológicas e históricas, que constituem a camada *verossímil* da história: "verossímil" é o que pretende escapar ao simbólico, derivando de um modelo entimemático (silogístico) e não metafórico. *Sarrasine* não escapa a essa injunção: comporta três "verossímeis": narrativo, psicológico e histórico.

O verossímil narrativo deriva aqui de um modelo muito conhecido, o da história relatada, ou da história na história: o narrador está na história (pois corteja Mme de Rochefide) e fora dela (pois a relata). A história relatada extrai maior verossimilhança do fato de suprimir – parecer suprimir – o artifício do contato puramente cultural entre um "autor" e um "leitor", entidades demasiadamente marcadas pela instituição literária. De fato, parece que o assertivo impessoal (encontrado ao mesmo tempo no modo indicativo e no romance em terceira pessoa) não deixa de criar problemas vez por outra: certas línguas, como se sabe, comportam um modo especial, destinado a evidenciar o caráter contingente da constatação (é o *testemunhal*), e o romance, como se vê, é freqüentemente tentado por essas narrativas de narrativas, enunciados de alguma maneira feitos em modo testemunhal, que têm a vantagem de distanciar em algum grau o artifício da narração anônima, impressa, restaurando assim a lembrança, um tanto saudosa, ao que parece, de uma literatura oral. A história imita a história, a escrita imita a fala, mais "verdadeira" que ela, como se a boca fosse um órgão mais natural que a mão.

Sarrasine comporta também um verossimimil psicológico. Esse verossímil é constituído por um estereótipo romântico: a luta do artista, apresentado como indivíduo irredutível, paixão absoluta, sofrimento solitário, contra a sociedade, apresentada como censura, fechamento e incompreensão. Como o verossímil exerce papel racionalizador, esse clichê permite *explicar* a aventura de Sarrasine: o escultor é um artista absorto no sonho e na paixão, uma espécie de selvagem inadaptado, um homem não prático que nada vê além de suas próprias fantasias e não sabe que na Itália os papéis de mulher são cantados por *castrati*; Zambinella, por sua vez, parece por um momento corresponder à paixão de Sarrasine (ela lhe concede um beijo): só consente por covardia em satisfazer à pequena sociedade zombeteira dos artistas, que quer rir do francês, fazendo-o entrar numa aventura ridícula. A novela pode assim ser vista como uma alegoria da solidão romântica do criador.

Há, por fim, em *Sarrasine*, um verossímil histórico. Os *castrati* – cabe lembrar – ocuparam posição considerável na Europa do século XVII ao XVIII; essa posição não deixava de ter certa ressonância mítica: um *castrato* de Nápoles, Farinelli (morto em 1782, com 78 anos), que morava na Espanha, cantando curava a melancolia de Filipe V; e este não o deixava sair do país. Os últimos dois *castrati* morreram, respectivamente, em 1846 e 1861. Zambinella é quase contemporâneo deles: a cena (do prólogo) situa-se por volta de 1830; Zambinella tem então cerca de 90 anos; testemunha envelhecida de uma sociedade passada, torna-se a alegoria da fratura radical que separou a antiga sociedade da nova; nisso, *Sarrasine* é uma cena da vida parisiense: a história do castrado *explica* a origem inexplicável da fortuna do banqueiro parisiense, origem fabulosa à sua maneira, como convém a uma época em que a riqueza não tem regra nem hereditariedade. Aliás, é aí que o símbolo ganha espaço, e o verossímil se articula com a metáfora: o verossímil diz que, na sociedade financeira da Restauração, o ouro, surgido da especulação, das mudanças abusivas de propriedade, não tem, por assim dizer, origem; a metáfora diz que a esse nada social corresponde o vazio com que se define o *castrato*: situar a origem de uma fortuna no *nada* do *castrato* é, por um lado, esboçar um processo sociológico perfeitamente verossímil (as datas lhe dão fé) e, por outro, afirmar a sutileza mítica do ouro, a inflação miraculosa do zero (tema que se encontra no Mercadet de Balzac, que faz ouro com nada).

Não queremos dizer que o verossímil ocupa na narrativa um papel superficial e falacioso. Queremos dizer que o símbolo é inelutável e que, mesmo no mais sociológico de nossos romancistas, o plano explicativo se enche de espaços metafóricos. É preciso, portanto, voltar-se para a simbólica de *Sarrasine*. Seu centro aparente é o sexo. A indumentária, material prezado pelos romancistas, só conhece dois sexos, masculino e feminino; Balzac, porém, está sempre precisando de um terceiro sexo, ou de uma ausência de sexo; só lhe resta então definir a condição de *castrato* ou como uma mistura simultânea de masculino e feminino (é a roupa do velhote), ou como a sucessão dos dois (Zambinella veste-se de mulher, depois de homem). Essa distribuição da indumentária traduz bem a dificuldade que o romancista tem para situar simbolicamente o *castrato* na estrutura institucional dos sexos, que é inelutavelmente binária; pois, se nos ativermos a essa estrutura, uma vez que a ausência de marca constitui o feminino, de que poderia ser feito o neutro? Na realidade – e a lingüística o comprova –, o neutro não pode ser tomado diretamente numa estrutura sexual; nas línguas européias, a oposição entre masculino e feminino é menos importante que a oposição entre animado e inanimado; aliás, é-lhe subseqüente:

Animado (Masculino/Feminino)/Inanimado (Neutro)

A principal oposição entre o animado e o neutro é marcada morfologicamente na própria estrutura do substantivo; a oposição entre masculino e feminino só aparece no nível subsidiário do adjunto (do adjetivo)[2]. *Sarrasine* segue exatamente a indicação da lingüística, segundo a qual o feminino é apenas um substituto do animado, pela simples razão de que o tema masculino praticamente não aparece (exceto na indumentária): Zambinella não é um rapaz travestido, é um inanimado disfarçado de animado; o equívoco não é o do invertido, mas o da coisa; toda a novela só se guia por um paradigma, que não é diretamente o do sexo, mas o da vida. *Sarrasine* não põe em cena uma transgressão dos

2. A. Meillet, *Linguistique historique et Linguistique générale*, Paris, Edouard Champion, 1948, pp. 212 ss.

sexos (como Serafito-Serafita), mas, se assim se pode dizer, uma transgressão dos objetos, análoga à praticada na maioria das línguas, quando criam metáforas; é de fato a categoria dual do *animado/inanimado* que é comumente submetida às transgressões metafóricas, e não a do *masculino/feminino.* Vida ou morte? Esse é, aqui, o lugar da metáfora.

Isso pode ser confirmado se lembrarmos que toda a novela é posta sob o signo de uma antítese inicial, que instala de saída o seu nível simbólico[3]. Essa antítese é posta pelo narrador, cuja função é, dessa maneira, ao mesmo tempo retórica e anedótica: senhor do discurso e da história, da história como discurso, ele é o único a dominar as duas vertentes da figura, a ocupar a fronteira dos dois quadros: assim como o poeta, ele possui o paradigma integral; seu próprio corpo é testemunho, ao mesmo tempo, da divisão e da relação: semiocultado por uma cortina na abertura de uma janela, uma de suas pernas é tomada pelo frio de fora, e a outra, pelo calor do salão. A antítese é entre o jardim morto sob a neve e a festa interior, brilhante, transbordante de vida; de um lado o frio, o mirrado esqueléti-

3. Em certos casos, a narrativa parece desenvolver formalmente uma figura de retórica, que é como que sua matriz. Em *Sarrasine*, é uma antítese; em *Uma paixão no deserto,* é uma metáfora (a pantera é uma mulher); em *La Mandragore* de la Motte-Fouqué, é uma antífrase (conseguir vender menos caro do que se comprou). Trata-se de planos fundamentais cuja tipologia se poderia tentar um dia.

co das árvores, o cinzento esbranquiçado das nuvens noturnas; do outro, as luzes, o calor, a dança, as mulheres bonitas, associadas às imagens vegetais da vida plena, dura, pujante, suave e fresca ao mesmo tempo. Essa antítese alimenta todo o prólogo, em que é afirmado incessantemente o contraste entre o *castrato*-morte e a mulher-vida; esse prólogo até é feito apenas para representar a coexistência paradoxal dos dois; culmina quando a bela Mme de Rochefide, por uma aberração curiosa, não consegue impedir-se de *tocar* o velhote, provocando assim uma espécie de conflagração paradigmática, uma explosão de substâncias antipáticas. Essas substâncias, em boa física poética, são fundamentalmente o frio (o baço, o imóvel, o ossificado, o azulado, o glauco) e o quente (o brilhante, o vaporoso, o perfumado); Zambinella envelhecido é o frio absoluto; Zambinella jovem é a mistificação de um frio profundo escondido sob um envoltório quente e fresco. Segundo uma alegoria constante (a acreditar-se que, entre nós, a poesia só vem do Norte), a oposição entre frio e quente outra não é senão a oposição entre criatividade e esterilidade (sem que se possa decidir qual "começa").

A arte, que também é tema de *Sarrasine* (essa novela comporta muitas entradas), produz duas alegorias: a do quadro de Adônis (no prólogo), a da estátua (na história). Formalmente, a arte consiste numa operação de agregação; diante de sua arte, o mundo real de Sarrasine é dividido, participa de uma culpabilidade maior, a que está vinculada ao compósito; o próprio Sarrasine é compósito, "ora ativo, ora passivo" (é o que o romantismo, ao menos o de Balzac e de Michelet, chama de "bizarro"); em Filippo, o sobrinho-neto do *castrato*, apesar da grande beleza, descobre-se a mistura de elementos contrários (a gracilidade e a delicadeza da silhueta e as sobrancelhas vigorosas, a paixão viril); a mãe e a irmã, uma exuberante, outra suave, precisam ser duas para completar uma imagem da mulher total; e antes de conhecer Zambinella, quando Sarrasine procurava um modelo para suas esculturas, só encontrava *detalhes* perfeitos em corpos diversos: aqui "*o roliço de uma perna perfeita*", ali "*os contornos do seio*", "*o pescoço de uma jovem, as mãos desta mulher, os joelhos lisos daquela criança*". Diante dessa dispersão, a arte é o poder que realiza "*a inconcebível junção*" (como diz Maquiavel ao fazer o retrato de Lorenzo de Medici): só a arte pode reunir o corpo fragmentado pela fantasia (nesse sentido, a arte é uma contrafantasia).[4] Para Sarrasine, Zambinella é um objeto de arte – *o* objeto de arte – porque seu

4. Sobre o corpo fragmentado em *Sarrasine*, ver o excelente estudo de Jean Reboul: "Sarrasine ou la castration personnifiée", *Cahiers pour l'Analyse*, n.º 7, março-abril de 1967, pp. 91-6.

corpo reúne perfeições que existem aqui e ali no real, mas divorciadas; sua feminilidade provém de sua perfeição, mas sua perfeição provém de sua unidade. O que Zambinella imprime em Sarrasine, na primeira vez em que este a vê, é a verdade da unidade: o artista dividido, áspero (como nos informa sua biografia), é de repente – palavra surpreendente, "*lubrificado*"[5].

As relações que unem Zambinella à obra de arte são contraditórias, ou pelo menos convém analisá-las sem levar em conta a sucessão dos episódios, pois nada garante que o fim de uma história seja sua verdade. Segundo um primeiro estado, ou momento prosaico, essa relação é bem simples: Sarrasine encontra, por acaso, em Zambinella o modelo enfim perfeito da estátua total que sempre sonhou; febrilmente, de memória, faz croquis, esboços, desenhando-a em todas as poses e confundindo já, assim, imagem e objeto, pois seus desenhos são fantasias nas quais ele faz da mulher o que quer, "*ensaiando, por assim dizer, o porvir com ela*" (palavra profunda que denota claramente o futuro em que se congrega toda fantasia).

Num segundo estado, ou momento patético, o modelo carnal é decifrado, e, aparecendo o *castrato* (o

5. Ao contrário da pintura, e mais ainda da escultura (decerto não é à toa que Sarrasine é escultor), a escrita nunca pode unir o corpo; ela está condenada ao detalhe sucessivo: a linguagem só pode dar a cifra da beleza, não a beleza.

nada) sob a mulher, a arte soçobra, a criação torna-se impossível, o próprio criador fica metonimicamente castrado ("*Você me rebaixou a si*"), Sarrasine lança o martelo contra a estátua (mas não a atinge) e morre. Esse momento é o da arte realista, pois nela o êxito da obra está inteiramente sujeito à natureza física, material do modelo: quando o referente desvenda sua deterioração, o próprio signo se estraga; segundo essa concepção, para produzir uma obra perfeita, é preciso que o modelo, tirano do artista, seja conhecido integralmente, até em sua "intimidade"; não é a aparência, é a "realidade" (orgânica) do modelo que garante a obra; biograficamente (mas não talvez simbolicamente), Sarrasine é um artista realista, pois, se a obra não está em conformidade com o segredo do modelo, é uma mentira, a estátua só será boa se copiar o que não se pode ver da mulher; em outros termos, a obra de arte deve ter um avesso, as dobras de argila envolvem uma mulher que se deve poder despir.

No entanto, segundo um terceiro estado, cujos vestígios estão na história, mas não constituem seu argumento, a obra de arte e Zambinella coincidem exaustivamente: uma não tem como se esgotar depois da outra, e não há risco algum de que a corporeidade da segunda frustre a idealidade da primeira, uma vez que ambas, em igual medida, são imitações da Mulher; é exatamente por ser uma falsa mulher ou, mais exatamente, uma imitação de mulher, que Zambinella tem plena vocação para obra de arte ("*Era mais que uma mulher, era uma obra-prima!*"). Segue-se, paradoxalmente, que o que Sarrasine ama em Zambinella é precisamente o *castrato*, condição de imitação da feminilidade dentro da trama: sua ilusão é de alguma maneira dirigida por sua natureza de artista ("*Acha que pode enganar os olhos de um artista?*", diz ele a Zambinella, que tenta trazê-lo à "realidade"); desse modo ele vem a reconhecer, sem saber, o acordo *justo* (se não *verdadeiro*) que une a perfeição de Zambinella à carência que a constitui ("*Essa voz... seria um contra-senso se saísse de um corpo que não fosse o seu*")[6]. Toda a novela mostra assim o que se poderia chamar de dialética de Pigmalião (tema expressamente citado pelo escultor), que consiste em o artista amar a própria ilusão, e não seu conteúdo, e em definir sua criação menos pela plenitude de sua referência do que pelo desvio de seu reflexo: pois imitar é afinal diferir, é afastar a referência ao infinito, é trazer sempre o "fundo" da obra para sua superfície: as obras não têm aves-

6. Na perspectiva de uma análise psicológica – que não é a deste estudo –, seria fácil mostrar que Sarrasine ama em Zambinella o próprio *castrato*; notar-se-ia então sua agressividade em relação àquilo que ele acredita ser, apesar de tudo, uma mulher: sua insistência em declarar que ama em Zambinella o que a faz *castrato* ("*Ó frágil criatura! como pode ser de outro modo?*") e até a feminilidade desse nome Sarrasine, escolhido contra o masculino corrente na onomástica francesa *(Sarrazin)*.

so, e é nisso que Zambinella, à sua maneira, era uma obra perfeita: não havia, sob "*a renda de fulgurante alvor que lhe dissimulava o peito*", nada menos ou nada mais que o que se podia encontrar sob o verniz do Adônis pintado por Vien. Poder-se-ia dizer que a estátua, comportando uma espessura que pode ser escavada, conduz o escultor para a paixão da decifração e para a verdade do referente, enquanto a pintura (feita por outro, não devemos esquecer), por ser imediata, sem profundidade, sem avesso e sem coração, retém o artista na verdade da ilusão; fosse pintor, Sarrasine não teria tentado virar a tela e não se teria arriscado a descobrir com horror o *nada* de sua intimidade; o Adônis, pintado por Vien a partir da estátua salva do martelo destruidor de Sarrasine, sem que o pintor jamais tenha visto o modelo, é como que sua versão redimida: mostra nostalgicamente ao artista a via feliz de uma arte cujo avesso nunca se deve buscar. Sarrasine morre por ter acreditado que a arte é realista.

Dizem que em indo-europeu o caráter masculino ou feminino de um substantivo não é reconhecido em si mesmo, mas apenas pela forma masculina ou feminina de seu adjetivo: do ponto de vista da morfologia lingüística, o sexo nunca passa de atributo. Do mesmo modo, confrontado com a pergunta pela qual morrerá

(Zambinella é mulher ou não?), Sarrasine só dá – e só encontra – provas atributivas: o feminino de Zambinella, de que se convence continuamente, para não passa de predicativo. Essas provas são de três tipos. As primeiras procedem de uma disposição da qual o físico é apenas mediação: a beleza, que é prova decisiva da Mulher, pois o que é belo só pode ser feminino ("*Ele é belo demais para ser homem*", diz Mme de Rochefide diante do Adônis de Vien); bela, de uma beleza superlativa, Zambinella só pode ser uma mulher superessencial (a beleza do jovem Filippo só é notada porque participa da fragilidade graciosa da cantora). A segunda espécie de prova, mais importante porque intervém no momento mais dramático da questão, e mais decisiva porque mantém Sarrasine na sua convicção, a despeito da própria confissão de Zambinella, é a prova psicológica: Zambinella só pode ser mulher, porque possui, em grau absoluto, o ser caracterial da mulher, a fraqueza; quanto mais Sarrasine se aprofunda na aventura, mais, por conseguinte, os riscos de decifração aumentam, e mais a fraqueza de Zambinella ganha importância para ele: é a muralha de sua cegueira; a fraqueza, de início, é apenas perturbadora, é uma graça própria a Zambinella; em seguida, se torna essencial, servindo para definir simultaneamente o gênero e a espécie, as mulheres e Zambinella ("*Era a mulher com seus temores súbitos*"): Sarrasine está à espreita de todas as pusilanimidades de

Zambinella, pois elas *provam* a mulher, por serem próprias do gênero ("*Ousaria afirmar que não é mulher?*", diz o escultor a Zambinella, que se amedrontara com uma cobra); quanto mais difícil se torna a convicção de Sarrasine, e quanto mais ameaçadora a crise, mais a fraqueza de Zambinella é enfatizada; portanto, é lógico – se bem que o efeito seja paradoxal – que, vindo à tona a verdade, Sarrasine, num último esforço, tente pôr a mulher a salvo do *castrato*, imputando-lhe uma fraqueza tão atroz que ela não possa nem ao menos compartilhá-la com ele: é a covardia; quando Zambinella tomba sob a violência do escultor, este exclama: "*Ah, você é mulher... pois mesmo um... Não terminou*", o que quer dizer que, para Sarrasine, nem mesmo um *castrato* seria tão covarde. Nesse ponto, a fraqueza da Zambinella já não é apenas negativa; pois, segundo o verossímil, ela serve como prova da mulher, mas, segundo o discurso, está propriamente vinculada ao *castrato*, como o *mesmo* diferente em que se baseia toda imitação: por isso, Sarrasine pode confessar sem contradição que exatamente essa fraqueza excessiva é o que ele ama em Zambinella ("*Explique-me como essa extrema fraqueza, que em qualquer outra mulher seria repugnante... em você me agrada, me encanta?*"): paradoxalmente, ela o previne contra os ardis da inversão, que pode sempre dispor um pouco de homem na mulher ("*Sinto que detestaria uma mulher forte, uma Safo corajosa, cheia de energia, de paixão*"). Há, por fim, uma terceira prova da feminilidade de Zambinella, tão atributiva quanto as duas primeiras: é a própria paixão de Sarrasine; o que é designado pelo homem como objeto só pode ser mulher. A paixão de Sarrasine tem duplo efeito, segundo o argumento, é paradoxal porque dirigida a um rapaz, se bem que castrado; mas, segundo o discurso, ao contrário, fragmentada em signos de violência, alegria, proteção e em atos de arrebatamento amoroso (devorar com os olhos, projetar um rapto etc.), nunca deixa de provar a feminilidade de Zambinella. Assim, a *prova*, para Sarrasine, é de ordem retórica: o raciocínio que o conduz outro não é senão o *argumentum* dos antigos retóricos, ou seja, um silogismo aproximativo, ou entimema, baseado numa premissa simplesmente verossímil: a Mulher é bela, fraca e amável, diz Sarrasine; ora, Zambinella é bela, fraca e amável; logo, Zambinella é mulher; e quanto mais puras são essas qualidades nela, mais ela realiza a supra-essência da Mulher.

No entanto, refratado sobre a superfície do discurso, o problema da prova é completamente diferente: o índice de feminilidade – ou sua máscara – só pode ser gramatical; toda a novela incide então nas injunções da língua, pois, falando do sopranista, é preciso decidir que pronome se usará: masculino? feminino? neutro (se existir)? É verdade que, se Sarrasine fosse contando a sua própria história, à medida que a fosse vivendo (ou seja, sem conhecer de antemão seu fim), só designaria Zambinella a cada vez pela marca explícita do feminino. O narrador, porém, tem outros compromissos: deve respeitar as imposições do suspense (e por conseguinte recorrer ao feminino da ilusão: *ela avançou, ela sorriu, ela tem medo* etc.), mas, por assim dizer, só pode mentir o mínimo possível, pois o caráter verossímil do discurso exige que o narrador, que, tal como um deus, é aquele que sabe de tudo, não decaia de sua graça e falsifique positivamente seus enunciados: ele pode no máximo mentir por preterição; o narrador está assim diante de uma silepse generalizada, pois precisa decidir a cada momento se às suas palavras será dada a concordância do sentido ou da gramática. O narrador balzaquiano sai-se da dificuldade seguindo o mais que pode a "consciência" de seu herói: Zambinella é feminizada enquanto Sarrasine acredita que ela é mulher, e passa ao *ele* quando o cantor é desmascarado. Essa passagem é feita com marcas sutis: assim, o italianismo que permite feminizar explicitamente os nomes próprios (*la Zambinella*) desaparece junto com a ilusão da mulher: fala-se então, simplesmente, de *Zambinella* ("No entanto, como *Zambinella* recomeçasse a cantar...[7]").

7. Em francês, a marca do masculino aparece também na forma participial do verbo: "Zambinella s'étant *remis* (em vez de *remise*, caso o sujeito fosse feminino) à chanter..." (N. da T.)

O que complica é que não é possível distingüir, num texto, até o fim e exaustivamente, personagem, narrador e autor. Há um nível de toda escrita em que não se pode decidir quem *está falando*. "*Era a mulher, com seus temores súbitos, seus caprichos sem razão, suas comoções instintivas, suas audácias sem causa, suas bravatas e sua deliciosa finura de sentimento*", escreve-se em certo momento; quem diz isso? Sarrasine, o narrador, Balzac, a sabedoria universal, a psicologia romântica? Essa pergunta ficará para sempre sem resposta: assim como o Adônis de Vien, a escrita não tem avesso, e é vão pretender virá-la para ver "o que há atrás". Fala algo que é como que *o oblíquo* de todo sujeito. Signos de exterioridade, portanto, são inevitavelmente disseminados aqui e acolá, não por respeito à verdade oculta, mas para realizar a natureza – germinativa, de alguma maneira – de todo tecido narrativo, mais precisamente as imposições do suspense, que exigem que o leitor seja o tempo todo alertado sobre os signos da cifra. É primeiramente, em *Sarrasine*, o recurso a certos substitutos do neutro. Na verdade, o neutro é impossível em francês; se fosse gramaticalmente possível, nem por isso seria menos perigoso discursivamente, pois ou desmascararia cedo demais o *castrato* (nem homem, nem mulher; vimos que, em nossa mitologia, o neutro é sentido como uma dessexualização, e não como uma privação do caráter animado), ou então denotaria a vontade de não optar entre os dois sexos, o que já seria dizer demais; o narrador, portanto, só pode indiciar o *castrato* discretamente, com aquilo que se poderia chamar de neutro feminino ("uma criatura tão encantadora", "uma organização feminina"). Além disso, temos marcas masculinas muito fugazes, logo levadas pelo discurso, que, apesar disso, imprime uma espécie de oscilação à alternativa dos sexos ("*Posso ser, para você um amigo devotado, diz la Zambinella*"), como se, não podendo recorrer a um neutro morfológico (devido às injunções da língua), fosse possível esboçá-lo pela vibração de dois contrários.

Existe um momento em que a acrobacia das marcas atinge o limite extremo (momento que seríamos tentados a tomar, com alguma solenidade, como a verdade da literatura): quando a marca se torna puramente gráfica. Se, do ponto de vista do verossímil, toda enunciação do *ele* e do *ela*, quando a imaginamos abstratamente falada, ainda pode ser tomada por discurso indireto (é assim que Sarrasine falaria, parece subentender o narrador), essa ficção, em certos lugares, desmorona quando precisa ser escrita: "Eu lhe pareci *bonita*", diz Zambinella: o narrador aqui precisa mentir com o *castrato*. Como forma mais artificial da língua, a concordância do particípio passado em francês cria uma injunção implacável e bloqueia qualquer possibilidade de preterição; o narrador pode jogar com certo trânsito de consciências e falas, mas o escriptor é remetido às rubricas obrigatórias da língua gráfica; ele já não pode confiar-se senão a uma verdade sistemática, irredutível a qualquer outra, que não é a verdade do autor, mas da escritura.

Echanges et comunications. Mélanges offerts
à Claude Lévi-Strauss, *Mouton, 1970.*

Esse texto, escrito em 1967 e publicado três anos depois,
foi o primeiro esboço de S/Z.

IMPRESSÃO E ACABAMENTO:
YANGRAF Fone/Fax:
6198.1788